JN231566
映画
刀剣乱舞
TOUKENRANBU
THE MOVIE
【太刀】
三日月宗近
鈴木拡樹
平安時代の刀工、三条宗近作の太刀。
天下五剣のひとつで、その中でも
最も美しいと評される。
刀剣男士としての姿も平安貴族のような優雅さ。
器が大きいといえば聞こえは良い、
究極のマイペース。

【打刀】

# 山姥切国広

荒牧慶彦

霊剣「山姥切」を模して造られたとされる打刀。
オリジナルでないことがコンプレックス。
綺麗と言われることが嫌いで
わざとみすぼらしい格好をしている。
実力は充分だが、
色々とこじらせてしまっている。

【短刀】
薬研藤四郎
北村諒
粟田口吉光作の短刀。
藤四郎兄弟のひとり。
名の由来は、石で出来ている薬研を切るほど
「切れ味抜群だが、主人の腹は斬らない」と
評判になったことから。
戦場育ちのため、少々医術の心得あり。

【打刀】

# へし切長谷部

和田雅成

長谷部国重作の打刀。
名の由来は、信長が膳棚の下に隠れた茶坊主をその棚ごと圧し切ったことから。
主への忠誠厚く、その一番であることを渇望しているが口にすることはない。
汚れ仕事も平気で行う。

## 【槍】日本号

岩永洋昭

天下三名槍のひとつで、
「日の本一の槍」と称えられる。
黒田藩の重臣 母里太兵衛が、
福島正則との呑み賭けで勝ち取ったという伝承から、
別名「呑み取りの槍」とも呼ばれる。
槍でありながら正三位の位持ち。

【脇差】
# 骨喰藤四郎（ほねばみとうしろう）

定本楓馬（さだもとふうま）

鎌倉時代に活躍した刀工、
粟田口吉光作の脇差。
元は薙刀だったが、脇差へと磨上げられた。
記憶を殆ど失っており、
言葉数も少ない。
藤四郎兄弟のひとり。

【短刀】

# 不動行光

椎名鯛造

織田信長の愛刀。信長は酔うと膝を叩いて「不動行光、つくも髪、人には五郎左御座候」と歌ったという。森蘭丸が拝領、後に本能寺の変で焼け身になったとされる。名は不動明王と矜羯羅童子、制多迦童子が浮彫されていたことに由来している。

【太刀】
鶯丸
廣瀬智紀
古備前派の刀工の太刀。
古備前派は古来から
宝物として扱われることが多く、
この鶯丸も同様である。
同郷の大包平を
観察することが趣味。

# 映画 小説 刀剣乱舞

TOUKENRANBU

THE MOVIE

原案●「刀剣乱舞 -ONLINE-」より
(DMM GAMES/Nitroplus)

脚本●小林靖子

著●時海結以

小学館

※この作品は、『映画刀剣乱舞』をノベライズしたものです。

# 目次

# 刀の名称

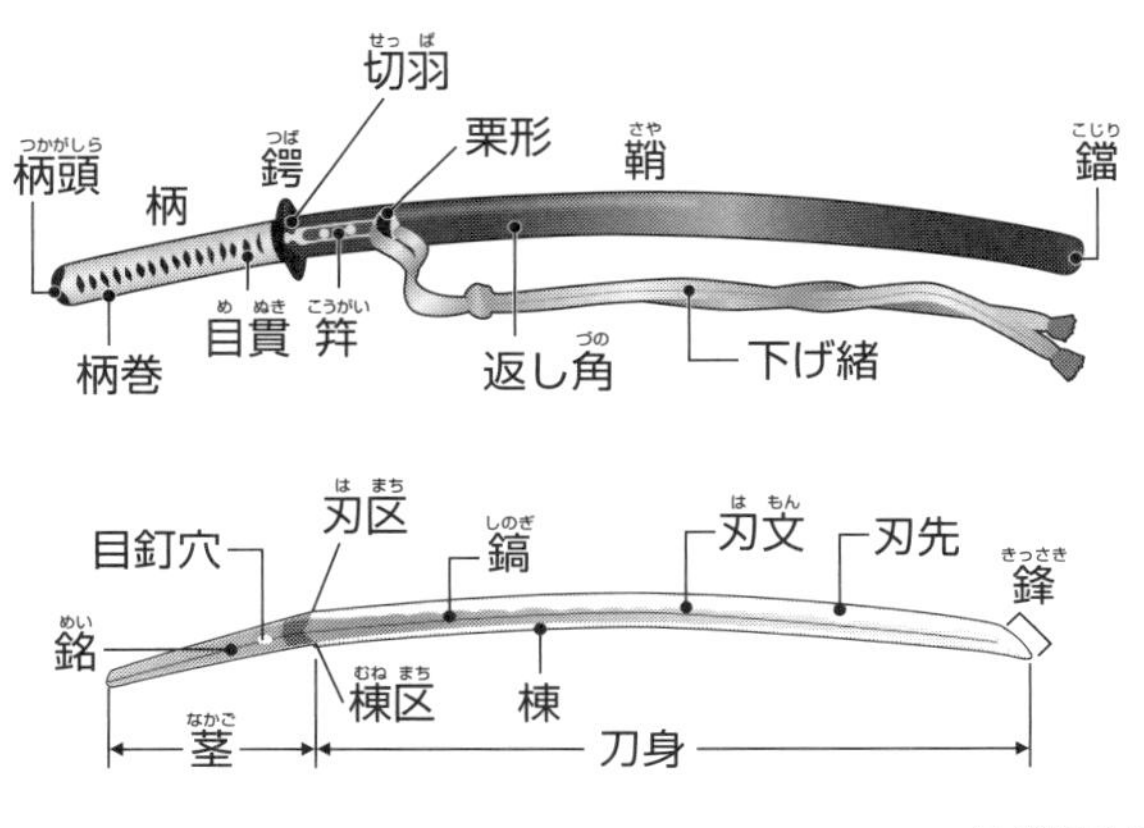


『大辞泉』より

物が語る故、物語。
ある本丸の刀剣男士たちによる
これもまた、ひとつの物語。

天正十年六月二日（現行の暦では一五八二年七月一日）、時は暁。

雨の季節であったにもかかわらず、空は晴れ、近づく日の出に、星が消えゆこうとしていた。静かに一日が始まるはず……だった。


京、本能寺。


織田信長は、境内の奥書院——御殿と呼ばれる建物の一室で、ふと目を覚ました。とたんに銃声、剣戟の音、兵たちの喚き声が遠くで響く。

立ち上がり、寝間着である白小袖姿のままで障子を勢いよく開け放つ。

煙がどっと流れこんできた。厩や厨など多くの建物から、火の手がいくつも上がっているのが目に入る。


本能寺は寺院というだけでなく、信長上洛時の宿舎の役割を持たせて建設されていた。

今、ここにいる手勢はわずかに百人足らず。侍女も含めて、だ。

これは……！　と信長が息を呑(の)んだときだ。

中庭に面した板縁(いたえん)を、「殿！」と叫びながら、身支度を整えた小姓の森蘭丸(もりらんまる)が駆けてきた。

信長の前にひざまずく。

「殿！」

「何ごとじゃ」

「はっ……明智日向守(あけちひゅうがのかみ)、御謀反(ごむほん)！」

喧噪(けんそう)の聞こえてくる方角を、信長はぎりっとにらみつけた。

# 第壱章 ◎ 本能寺

西暦二二〇五年。
歴史の改変を目論む歴史修正主義者によって、過去への攻撃が始まった。
時の政府は、それを阻止するため、審神者なる者に歴史の守護役を命ずる。
審神者とは、物の心を励起し、目覚めさせる技を持つ者のことである。
そして――。
審神者は、かつて精神と技をこめて造られた刀剣を、人の形に目覚めさせた。
歴史修正主義者が送りこむ時間遡行軍と戦い、歴史を守るために。
これは、刀剣から生まれた「刀剣男士」たちによる、新たなひとつの物語である。

審神者と刀剣男士たちが住まう、本丸。
緑豊かで広大な敷地に、和風の建物がいくつも建ち並ぶ。厩、宿舎、稽古場、鍛刀場、食堂、蔵、そして奥御殿。主な建物は渡り廊下で繋がっている。

緑の色もとりどりで、形作るのは森林、花の咲く草原、自給自足のための畑、馬の放牧場、牧草地。畑仕事や馬の世話は、刀剣男士たち自らが、交替でおこなっている。

その敷地全体がドーム状の透明な結界に覆われていた。審神者の力は強靭（きょうじん）で、結界を破るのは不可能と思われた。

ある朝。

刀剣男士の三日月宗近（みかづきむねちか）は、本丸奥御殿の二階にある、審神者との対面のための部屋――上段の間で、御簾（みす）の前に端座して控えた。

上段の間は四十畳ほどの和室で、老いた松の障壁画が描かれた金のふすまで三方を仕切られている。

三日月は審神者の言葉を、他の刀剣男士たちに伝える「近侍（きんじ）」だった。

敵意がない証（あかし）に、三日月は左腰に佩（は）いている美しい拵（こしらえ）の太刀（たち）を鞘（さや）ごと外し、右手側にやや離して置く。

ふすまが閉めきられた対面の間は薄暗い。

下ろされた御簾の向こうの上段で、審神者が座についた。

金の天冠（てんかん）をいただき、神職のような白い御袍（ごほう）をまとった初老の男性で、首から飾りを下げている。

薄紅色をした、楕円形の貴石でできた大きめのペンダントヘッドのような飾りだ。

上段は明るく、逆光になった審神者の表情は、三日月からははっきりと窺えない。

平安貴族が身につけていたものによく似た、深い藍色の衣の袂を払って平伏した三日月は、審神者の発した短い言葉に、はっと、顔を上げ、つぶやいた。

「本能寺……」

審神者は首肯した。

「明智光秀が織田信長を弑逆した本能寺の変……。そこから信長を逃がし、歴史を変える。それが、時間遡行軍の狙いだ。三日月、たびたびですまんが行ってくれ。信長は正しく死ななければならない」

三日月はうなずいた。ふっ、と柔和な笑みを浮かべる。

「ああ、このじじいでよければ。して、編成は……と言いたいところだが、今はほとんど遠征中だったな」

「場所が場所だけに、行かせたくない者もいるのだが」

今、本丸に残留している刀剣男士は、三日月を含めて七振り。彼らは人ではなく、刀剣であるためそう数える。

そのうち何振りかは、かつて織田信長のもとにあり、信長に思いを残している。三日月がはっとしたのは、それが理由だった。

信長を死なせるという出陣の目的への、彼らの抱く思い――審神者も同じことを考えていたようだ。三日月は静かに応じた。

「主、みなこれが初陣ではない。気遣いは無用だ」

本丸に顕現して以来、戦いを重ねて、みな、刀剣男士の使命を強く胸に刻んでいる。この主の命に従い、過去の思いに囚われず、正しい歴史を守るために戦う、と。

審神者は深くうなずき、以下のように出陣を命じた。

「編成は次のとおり。第一部隊隊長、三日月宗近。山姥切国広。へし切長谷部。薬研藤四郎。不動行光。日本号」

七振りのうち、留守居役の一振りを残し、他の全員が出陣となる。

命じられた六振りは戦装束に身を包み、各自の刀剣を携えて、揃って出陣の祠と呼ばれる時空転移装置のある場所へ向かった。

祠は敷地の外れにあり、本丸の宿舎からは杉並木の参道をしばらく歩く。

太刀　三日月宗近。

平安時代の刀工三条宗近作の太刀。天下五剣のひとつで、その中で最も美しいとされる。

刀剣男士としての姿も、平安貴族のような優雅さだ。

見た目は若さに満ちた青年だが、十一世紀の末に生まれた故に自分のことを「じじい」と称している。

謎めいた微笑をたたえていることが多く、どこかとらえどころがない。究極のマイペースとも呼ばれている。

狩衣に似た、深い藍色をした紗綾形の織り模様の衣と、鈍色から薄鈍色へと色が移り変わる袴を身につける。

紺青の髪には、衣の袂や裾についているものと揃いの金房を二つ飾り、藍色の瞳の中に、三日月形をした金色の輝きがある。


打刀　山姥切国広。

刀工堀川国広によって、霊剣「山姥切」を模して造られたとされる打刀。

綺麗な金髪碧眼の青年だが、綺麗と言われることが嫌いで、わざとみすぼらしい格好をしている。

白布をマントのように全身にまとって、かぶったフードで髪を覆う。その布は裾がぼろぼろにほつれていた。


打刀　へし切長谷部。

刀工長谷部国重(くにしげ)作の打刀。名の由来は、信長が膳棚(ぜんだな)の下に隠れた茶坊主を、その棚ごと圧(へ)し切ったことから。

主への忠誠厚く、汚れ仕事も平気で行う。

灰褐色で金属光沢のある髪の青年で、同色の眼光鋭い瞳をしている。


短刀　薬研藤四郎。

刀工粟田口吉光(あわたぐちよしみつ)作の短刀。名の由来は、石でできている薬研を切るほど「切れ味抜群だが、主人の腹は斬らない」と評判になったことから。

戦場育ちのため、少々医術の心得がある。かつて信長が所有していた。

ストレートの黒髪に藤色の瞳、見た目は儚(はかな)げな少年だが、性格はクールで勇ましい。

短刀　不動行光。

織田信長の愛刀で森蘭丸が拝領した。

紫色の瞳、太ももまである長い黒紫の髪を後頭部で束ねて垂らし、だらしなくネクタイを結ぶ。

いつも酔ったように顔を赤らめ、甘酒のびんを手にしている。


槍　日本号。

天下三名槍のひとつで、「日の本一の槍」と称えられる。

福岡藩黒田家の重臣母里太兵衛が、福島正則との呑み賭で勝ち取ったという伝承から、別名「呑み取りの槍」とも呼ばれる。

槍でありながら、正三位の位持ち。一時、信長のもとにあった。

長身で、濃灰色の瞳に無精髭、瞳と同じ色のくせっ毛を無造作にまとめている。

槍の穂先にもふもふとした、黒い「熊毛鞘」をかぶせて、きらきらと輝く長い柄を肩にかつぐ。


彼らは人ではない。「刀剣男士」だ。

本来は刀剣。

人の姿は、それを振るって敵を斬り、歴史を守るためにある。

よって人の身を得ながら、どこか人ならざる雰囲気を漂わせる彼らは、花が献（ささ）げられた小さな祠の前に立った。四体の狐（きつね）の石像が見守る斎庭（ゆにわ）で、敷き詰められた石が描く円陣に沿って並ぶ。

人の身での戦に慣れたとはいえ、出陣には常に、緊張感が漂う。

彼らは強い。

しかし、不死身ではない。

それでも、傷つくことを恐れず、使命のために、全身全霊を以（もっ）て戦う。

みなを見渡し、三日月が告げた。

「時は天正十年六月二日、京、本能寺」

祠に祀（まつ）られていた、両手で捧（ささ）げ持つくらいの大きさをした水晶玉が光を放った。この水晶玉が、時空転移の場を生みだす装置だ。

六つの小さな水晶玉が飛び出し、六振りの刀剣男士それぞれに引きよせられて、刀剣男士たちがさし伸べた掌（てのひら）に収まる。

玉には男士各自の紋が浮かんでいる。

帰還のための簡易装置で、転移先からこの斎庭に戻る機能がある。

続けて、祠の大きな水晶玉から薄紅色をした桜の花片が無数に湧きだす。勢いよく噴きこぼれると、花片はまるで満開を過ぎた好日の花吹雪のように宙を舞った。

三日月が宣言する。

「いざ、出陣！」

無数の桜の花片が激しく渦を巻いて男士たちを包み、覆い隠してゆく。密度が濃くなってゆく薄紅色の渦の中、一条の白い光とともに、彼らの姿が消えた。

●
◉
●

暁の本能寺で、織田信長と森蘭丸は次から次へと襲いくる敵兵と戦っていた。

敵兵は具足で身を固め、水色桔梗紋の旗指物を背負っている。裏門から入りこんだ明智光秀の手勢だ。

信長は、中国の毛利攻めを羽柴秀吉に命じ、その援軍を光秀に指図した。一万三千を用意したこれらの兵は、昨日、西へと向かったはずだった。

「光秀めが……！」

白小袖姿のまま信長は板縁で槍を振るい、敵兵を刺し貫く。

「全くもって、一寸先はわからぬ。のぅ、蘭丸」

前庭で一所懸命に打刀を振るいながら、蘭丸が応える。

「はっ」


そのとき、突入部隊である先手衆を指揮して表御堂前へと侵入した光秀の娘婿明智左馬助は、十数人の厩番衆が信長を守るため、御殿へと馳せてゆくのを追っていた。

火矢が射こまれ、奥からは逆に、女衆が逃れてくる。

「女、茶坊主にかまうな！　狙うは信長が首一つ！」

追い討ちをかけようとしたとき、目の前に突然、十体余りの異形が出現した。

上半身は死人のような色の肌がむきだしで、破れた袴、腰に打刀を帯び、深編笠のようなかぶりものの奥で赤く光る目。

あるいは太刀を佩き、ほつれはてた古式の鎧によく似た戦装束、立烏帽子のようなかぶりものからはみだした白い蓬髪に隠した、やはり赤く光る目。

体に黒い妖気をまとわりつかせた異形のものたちが抜刀し、明智軍の兵の行く手を阻む。

そのうちの一体がいきなり無言で明智軍の兵に一太刀浴びせ、斬り捨てた。

左馬助はあっけに取られた。

「その方ら……織田の兵ではないな、何奴！」

異形のものたちは答えず、一斉に斬りかかってくる。たちまち左馬助の前にいた兵が全員、血飛沫とともに地に倒れた。

「おのれ……っ」

激怒し、左馬助が太刀の鞘を払い、上段にかまえたとき。

不意に敵が左右へ吹っ飛び、たちまち、全て黒い細片となって砕け散った。その細片は粉々に崩れ、黒い風塵となって消え去る。

風塵の消えた後に立っていたのは、これまた不思議な男たちだった。南蛮人のような装束を身につけている。

槍を手にした長身の男、抜き身の打刀とその鞘を両手に振りかぶった若者、短刀を逆手にかまえた少年。

また湧くように現れた新たな異形のものたちが、足を止めて男たちとの間合いを計る。

どちらもぎりぎりで間合いに入らず、踏みとどまると、互いににらみ合った。

まるで旧知の宿敵であるかのように。

何が起きているのかと、左馬助は困惑した。

――出陣した六振りの刀剣男士が降り立ったのは、まさに戦闘が始まったばかりの本能寺裏庭だった。

境内の内と外に分かれ、長谷部、日本号、不動は境内から感じる時間遡行軍の気配へと駆けつけた。

左馬助が出会った異形のものたちこそ、歴史修正主義者が未来から時空を超えて送りこんできた時間遡行軍だったのだ。

まず、明智軍の先手衆を襲う十体余りの時間遡行軍が目に入り、まとめて斬り捨てる。

時間遡行軍の目的は、歴史に逆らって信長をここで死なせないことらしい、と長谷部は見当をつけた。

目についた敵を斬ったけれど、これで全部ではないようだ。敵も刀剣男士の気配を察知して、境内のあちこちから寄り集まってくる。

しばらく、間合いを計って互いににらみ合う。

敵の気迫を見定めると、長谷部はいったん納刀し、間合いを外(はず)した。

改めて闘気を放ち、左手で掲げた黒と金の鞘から、右手で白刃をすらりと抜くと、時間遡行軍に鋒(きっさき)を突きつけた。豪壮さと激しさを感じさせる刀身が、赤い炎に映える。

先陣切って間合いに飛びこむと、長谷部は三体ほどをすばやく斬った。

残心のかまえを解き、刀を血振りして、長谷部は宣告した。

「時間遡行軍、ここは退(ひ)いてもらうぞ」

「退かねえと、このお兄さん、怖いぜ」

と茶化しながらも、長谷部と並んだ日本号が熊毛の鞘を払い、敵を二体まとめて槍の穂先で貫く。槍身(そうしん)に彫られた竜の彫り物がきらりと輝いた。護法の剣に竜がからみつく「倶利伽羅竜(くりからりゅう)」だ。

「俺も優しい方じゃねえが」

日本号が不敵に笑う。

脇から不動が割って入った。酔って赤い顔で、しゃっくりをしながら、不自然なほど陽気に言う。

「どっちでもいいじゃねえか。早く終わらせようぜ……ひっく」

敵へと突撃してゆくと、長い髪をなびかせつつ、隙のないすばやい身のこなしで、不動明王像が櫃(ひつ)に彫られた刃(やいば)を黒い鞘から抜き打ち、急所に突き立ててゆく。

刀剣男士たちが時間遡行軍という「異形の妖(あやかし)」を鮮やかに倒してゆくのを、左馬助と明智軍の兵たちが茫然となかめていた。

だが、斬られた異形どもが砕け、霧散して、視界が開けたことで我に返ったらしい。

左馬助が喚く。

「信長はどこだ！　いたか？　どこだ、どこだ！　捜せ！」

その大音声に弾かれるようにして、御殿の方へと兵たちが突進していった。


一方、境内の外――門前では、本隊を率いている明智光秀が焦れていた。

「まだか……中はどうなっている！」

練塀の角に隠れ、薬研はその様子を窺う。時間遡行軍の気配は境内だけで、この塀の外からはしない。

なぜ、と思ったそのとき、塀の曲がり角の裏から黒い影が、光秀目がけて突進してきた。

その者の右手には、抜き身の短刀がある。

鎖帷子を重ねた忍び装束に似た、しかし明らかにこの時代の物ではない、黒くて薄手の鎧で頭と体を覆い、小具足をつけて、黒い仮面で顔も全て隠している。

薬研は横合いから勇猛果敢に飛び出し、黒い刺客が光秀に襲いかかる寸前で突き飛ばした。

そのまま体当たりで押す。

刺客を門裏の練塀の陰へと追いこんだ薬研は、帯刀していた短刀を抜き放った。研ぎ澄まされた刃をかまえる。

仮面の奥で赤く目を光らせ、刺客も刃を隙なくかまえた。

薬研の短刀よりはやや長く見てとれる刃で、櫃に倶利伽羅竜の彫り物がある。

薬研と刺客は互いに間合いを計りつつ、刃を逆手にかまえて対峙する。

「なるほど、ここで明智光秀を殺すのも、歴史改変としてありってわけか」

刺客は応えず、無言で斬りつけてきた。

薬研が体をかわすと同時に、練塀から飛び降りた山姥切が、首を狙って刃を横なぎにする。

刺客はその刃を避けて、大きく飛びすさった。

気配を隠して待ち伏せていた山姥切だったが、息を吐いて低くつぶやいた。

「ほう、今のを避けるとはな。だが、光秀のことはあきらめてもらおう。ここで死なれては歴史が変わる」

羽織った白い布の裾を翻（ひるがえ）し、黒い柄巻（つかまき）が右手になじんだ柄を強く握って、山姥切は大きく踏みこむ。同時に左手に持った黒い鞘で牽制しながら、白刃を振りおろす。

山姥切の斬撃を、刺客は短刀の棟（むね）で受け止めた。

そのまま数合刃を合わせ、鋭い剣戟（けんげき）音が響く。押し戻された刺客が跳躍してくると、薬研が入れ替わって刃を弾いた。

連携する山姥切と薬研の絶え間ない攻撃を、刺客がよく防いで、なかなか傷をつけられない。とても動きが速く、身軽な奴だ。

刺客と互いの刃をかち合わせ、圧し合った薬研は、ふと相手に違和感を感じた……。

御殿の板縁で槍を手にした信長と、その前庭で打刀を振るう蘭丸は、明智軍の兵たちと戦い続けていた。

他の小姓たちも、厩番衆も、側仕えの者たちも、すでに斃れてしまった。

甲冑をまとう大勢を相手にして、無防備な装束の二人は傷つき、疲れ果てた。

建物には手の施しようがないほど火が回り、煙で視界がかすみ、息が詰まる。火の粉が肌を焦がす。

衆寡敵せず、覚悟を決めた信長は、肩で息をしている蘭丸に声をかけた。

「そろそろ潮時じゃ」

「殿！　今しばらく持ち堪えますれば、必ずや増援が――」

ここから歩いて、四半時もかからない距離にある妙覚寺に、信長の嫡男信忠と家臣たちがいる。

狭い本能寺では百人ほどしか入れず、側仕えの番衆の他は女と僧ばかりだった。だが信忠のところには、ここよりはいくらかましな兵力と武器がある。蘭丸はそのことを言っているのだ。

しかし、信長は蘭丸に応えなかった。

「奥へ参る。明智の兵どもを近づけさせるな」

刹那(せつな)、二人は万感の思いをこめたまなざしを交わした。

「大儀であった」

信長は寝所にしていた部屋へ一歩入ると、後ろ手に障子(しょうじ)を閉める。

「殿……」

蘭丸が切なくつぶやき、続けて気合いのこもったかけ声を発した。敵のただ中へと斬りこんでいったのだろう。

後から後から際限なく湧いてくる時間遡行軍を相手に、奮戦していた長谷部、日本号、不動だった。

だが多すぎて手に負いきれず、隙を突かれ、十数体の時間遡行軍に突破されてしまう。

「時間遡行軍が！」

不動の叫びに、長谷部は振り返った。奴らが御殿の前庭へと駆けてゆく。長谷部と日本号は顔を見合わせた。

「これでは信長を逃がされてしまう」

「まずいな……」

目前の敵のみを斬って消し、長谷部と不動はすばやく後を追った。日本号も負けじとついてくる。

黒い妖気をまとう奴らが板縁に上がって障子を斬り裂き、御殿の中へと入ってゆく。

長谷部たちも上がろうとしたそのとき、奴らが壊れた障子ごと押し戻されてきた。

「お？」

御殿の奥の方から、ふすまを開けて出てきたのは三日月だった。鋭く太刀を振るい、のけぞった時間遡行軍を、さらなる一撃で庭へと払い落とす。

その刃の反りは古典的で雅（みやび）な姿だ。群雲（むらくも）のような刃文（はもん）には、三日月の形の打ち除け（うちのけ）がいくつも連なって浮かぶ。

時間遡行軍に向かい、三日月がかすかに眉をひそめた。

「お前たち、ここは土足禁止だぞ」

長谷部が見ると、確かに三日月は履き物を脱いで、足もとが白足袋（たび）だけになっている。

履き物を脱いでから来い、と究極のマイペースぶりを発揮する三日月に、長谷部は力が抜けそうになった。日本号と不動もそうらしい。

「三日月……」

「ここを頼む。まだ中に入っていった時間遡行軍がいるようだ」

「俺も行く――」

靴のかかとに手をかけながら、板縁に上がろうとした不動を三日月が制する。前庭にまた時間遡行軍がなだれこんできて、長谷部は身がまえた。

「お前たちはここを。よいな？」

長谷部たち、特に不動の目を見て言い含めると、三日月は奥へ戻っていった。

追おうとした不動だが、庭を埋める時間遡行軍に襲いかかられ、やむなく応戦する。長谷部と日本号も入り乱れての戦いになった。

人ではないものたちのくりだす、すさまじい速さや力と力がぶつかる戦いに明智軍の兵が怯え、逃げようとする。

その隙に蘭丸が、刃こぼれしてぼろぼろになった刀を捨て、血の滴る左腕を押さえながら炎の上がる御殿の奥へ走りこんでいった。

「おい、今奥へ行ったのは」

日本号が尋ねるので、長谷部は答えた。

「ああ、信長側近の森蘭丸……歴史上はここで死ぬはずだ」

時間遡行軍の刃に己が刃をぶつけ、押し戻しながら不動が唇をかんだ。悲しげな瞳を、鋒ごしに蘭丸の消えた方へ向ける。

敵の首筋を斬り裂いて粉々に散らせると、かぶりを小さく振って顔をそむけ、ぎゅっと目を閉じた。

「……ごめんっ」

声をしぼりだすと、不動が改めて次の敵と向きあう。それを見守る長谷部にも複雑な思いがあった。

歴史を守る……本能寺の変を、歴史どおりに終わらせる。

織田信長の死を以て。

それが使命ならば、遂行するのみ。

御殿の奥にはまだ、炎が迫る中で信長を捜す明智軍の兵が残っていた。蘭丸は腰刀を帯から引き抜き、刻みのある黒い鞘を払った。

短刀の白刃が炎の色を照らして光る。

「なんとしても殿を……！　この、不動行光にかけて！」

蘭丸が握る短刀こそ、主君の信長から褒美としていただいた不動行光。

大切な短刀を大上段に振りかざし、蘭丸は明智軍の兵たちに突っこんでゆく。

けれど多勢に無勢、刃が一斉に蘭丸へと振り下ろされたのだった。


煙に巻かれ、背後のふすまに燃え移った炎の熱が肌をあぶる納戸（なんど）で、鞘に収めた短刀を手に信長は膝をついた。ここが死に場所と心得る。

姿勢を正そうとしたとき、隣室との間のふすまがいきなり開かれた。

「何奴！」

落武者の亡霊のごとき、または古（いにしえ）の兵（つわもの）の怨霊のごとき姿で刀を手にし、黒い妖気をまとう異形のものどもだった。

数体が信長に歩みよろうとしたとき、肉が断たれる音とともに二体がのけぞり、たちまち黒い細片となって砕け散る。

さすがの信長も絶句した。

細片が塵（ちり）に変わって消えると、そこに立っていたのは、抜き身の太刀を手にし、公卿（くぎょう）のような藍色の衣をまとった、見目麗しい若者だった。

異形のものどもの前に立ちふさがると、若者は優雅な口ぶりで言った。

「全く……。お前たちはどれだけこの老体を働かせる気だ」

こともなげに太刀を一閃させ、また異形のものを一体、粒子に変えて消し去る。

何者なのだ、と信長が目をこらすと、若者は肩ごしに振り向いた。

吸いこまれそうなほどに美しい藍色の瞳。ぞくりとして、信長は動きを一瞬止めた。

異形のものと信長とを隔てるように立ち、若者は静かに詫びた。

「少々御前を騒がせまするが、ご容赦を」

次の瞬間また、彼の太刀が閃いて、異形のものが一体、塵と消える。

「その方……何者じゃ」

左のふすまを閉める若者に、信長は問う。

若者は優美に微笑んだ。

「あなた様は、ただなすべきことを」

もう一体、異形のものを斬り払い、右のふすまに手をかける。信長は一喝した。

「いらぬ差し出口じゃ。わしの天命なれば、わしが始末をつける」

若者は目礼した。

信長を燃える納戸に独り残して、三日月は右のふすまも閉めた。

「さて……仕事をさせてもらおうか」

己自身である太刀を中段にかまえ直す三日月に、時間遡行軍が殺気立つ。

薬研と山姥切は、相変わらず練塀のかたわらで、黒装束の刺客と戦っていた。

二対一で、決して圧し負けてはいないが、なかなかに手こずらせてくれる。どうやら、ただの一兵卒ではなさそうだ。

「斬る！」

気迫のこもった山姥切の一撃と薬研の一閃で、とうとう刺客は吹っ飛んだ。塀の土壁に激突して倒れこむ。

とどめを刺そうと薬研が踏みこんだ瞬間、すぐ後ろで爆発音が轟いた。

思わず振り返った薬研の目に、本能寺の建物が一気に炎に包まれる様が映る。山姥切も同じように炎を見ていた。

真っ赤な炎……。

はっとして前を向くと、刺客の姿は消え、どこにも見当たらなかった。

信長がいる納戸にも爆発音が響いた。吸えば喉が灼けつくほどの熱を帯びた煙が充満し、炎は四方を囲んで迫ってくる。天井にも炎の先が届いた。

信長は自嘲した。

「織田信長、明智光秀が謀反により死ぬる、か……」

炎が躍る。熱気で満たされる宙をにらんで、信長は激しく笑った。

「見たかったのう！　わし亡き後の右往左往を！　戦国の世の顚末を！　……さぞ、面白かろうな」

跪座して短刀を前に置く。

白小袖の前を大きく開くと、改めてそれを手に取り、鞘を払った。逆手に握り、鋒を己が腹へと——。

早朝——もう、すっかり辺りは明るくなっていた。

破られた門扉ごしに、燃えて崩れゆく本能寺の建物を、薬研はじっとながめた。

「これで歴史どおり、あの中で信長さんが……」

そばには山姥切、そして時間遡行軍を倒し終えた長谷部、日本号、不動がいる。みな、無言で炎を見つめていた。

この炎に焼かれる気持ちはどうだったのだろう……薬研は思いをめぐらせたが、なんともやりきれなくなる。長谷部と不動も複雑そうだ。

背後から穏やかな声がした。

「さぁ……戻ろうか」

三日月だった。

薬研はうなずき、上着の内ポケットから水晶玉を取りだす。他の五振りも水晶玉を片手に載せた。一斉に宙へ放る。

互いが互いを追うようにして、宙で一列に円を描いて回る六つの水晶玉から、薄紅色をした桜の花片が無数に降り注ぐ。

桜の花片は再び彼らを取り巻いて包み、一条の光とともに姿を消し去ってくれるのだった。


刀剣男士が時空を超えるときに現れる、桜吹雪のような薄紅色の渦。それを、近くの建物の屋根からながめている黒い大きな影があった。

もしもその姿を京の町の民が目にしたら、おそらく「鬼」と呼ぶだろう。黒々としたざんばら髪が伸び放題の頭上に、二本の大きな角(つの)が生じている故に。

天下統一を目前に、信長は本能寺の炎に消えた。

その遺体は骨一つ遺すことなく灰となり、ついに発見されることはなかった。

そしてその一報は、中国攻めの最中にあった羽柴秀吉にも、もたらされた。


本能寺の変から一日余りが過ぎた六月三日。空は晴朗だった。

備中高松城を前にした、秀吉の本陣。

おこなわれているのは、後に歴史書にて語られる、水攻めだ。辺りにはおびただしい数の、桐の紋の旗印がはためいている。

羽柴軍の兵によって捕らえられた敵の伝令が、密書を持っていた。その密書を一読した家臣が、本陣で軍議中の秀吉のもとに焦って駆けこみ、渡す。

目を通した秀吉は、愕然となった。床几からよろよろと立ち上がりかけ、足がもつれて尻餅をつく。

「殿！」

控えていた武将たちが驚く。秀吉は悲痛な声を上げた。

「お館(やかた)様、が……あの、お館様が……うっ……うわぁぁぁぁぁぁぁっ」

密書を放り投げて号泣する秀吉に、武将たちも事態を察した。密書を拾って読み、揃って顔面蒼白になる。

子どものように地面に転がって、秀吉は泣き喚いた。

「お館様ぁ〜！　なぜじゃ、なぜじゃぁぁ！　ウソじゃと言うてくれぇ〜！　うわぁぁぁぁぁんっ」

顔を涙と鼻水でぐちょぐちょにして、手のつけられないだだっ子のように泣く。武将たちも立ち尽くすばかりだ。

「うぅ、もう……もう『猿』と呼んでくださらんのか……うぅっうっうっ、お館様ぁ〜」

大の字になって手足をばたつかせ、さんざん泣いて、ふと、秀吉は目を開けた。広い空に白い雲が流れるのが見えた。

夏の強い光が、広い広い天と、熱のこもった空気を満たしている。

泣きやんだ秀吉は、はっと、あることに気づいた。がばりと身を起こし、手鼻をかむ。

にんまりと笑うその表情は、元の利発な武人に戻っていた。

# 第弐章 ◎ 本丸

三日月たちが出陣してから、しばらくが経過した。

静穏だった出陣の祠の斎庭に、祠の水晶玉から薄紅色をした桜の花片があふれだした。

円陣の上で渦を巻いて舞い踊る無数の花片の中に、一条の光がきらめき、花片が宙を流れ去ってゆく。

花片の渦を、もの静かに見つめる一振りの刀剣男士がいる。

黒い詰襟服の上下、鶯色をした籠手のような防具で、両腕全体を覆っている。太刀を佩き、髪も瞳も鶯色で、右目が前髪に隠れ気味だ。

ほどけるように花片が消え、円陣の上に現れたのは本能寺の変への出陣から戻った三日月たち六振りの刀剣男士だった。

視線を感じたのか、三日月が顔を上げた。

「鶯丸?」

「無事の帰還、何よりだ」

待っていた鶯丸は微笑んで応えた。

太刀　鶯丸。

平安時代、備前の友成という古備前派の刀工の作。古備前派は古来から宝物として扱われることが多く、この鶯丸も同様である。

鶯丸の品のよい笑みに、一同の緊張がゆるむ。この出陣で、本丸にただ一振り、留守居役として残してきたのが鶯丸だったのだ。

不動が上着のポケットから新しい甘酒のびんを出して封を切り、飲み始める。三日月が軽口を利いた。

「留守居役もそろそろ飽きたのではないか？」

「いや、暇なのは性に合ってるさ。もっとも、今回は新しく顕現した男士がいてな。少々忙しかった」

審神者がまた、その技によって、新たな刀剣男士を呼び覚ましたのだ。戦力が増えるのはありがたい、といった顔で長谷部や薬研、日本号がうなずき合う。

鶯丸は振り返り、狐の石像の陰にいた新しい刀剣男士を手招いた。彼が一礼する。

薬研が瞠目した。

「骨喰兄さん……！」

「おお、久しぶりだな、骨喰」

三日月も親しげに呼びかける。

しかし、その刀剣男士は「え……」と、困惑した様子だ。

自分自身である長めの脇差(わきざし)を帯刀し、薬研とよく似た衣装だ。

肩まである白銀の髪、深い藤色の瞳をした、薬研よりはやや年上だがやはりまだ少年といえよう。彼もまた、見かけは儚(はかな)げな佇(たたず)まいだ。

薬研と三日月の反応を見て、長谷部が尋ねた。

「知り合いか？」

三日月が微笑し、答えた。

「足利(あしかが)の宝剣としてともに並んでいたことがあった。この薬研藤四郎(とうしろう)とは同じ刀派の兄弟分となる、骨喰藤四郎だ」

脇差　骨喰藤四郎。

ああ、藤四郎兄弟の一振りか……と、みなが視線を注ぐ。

けれど、注目された骨喰は目を伏せてしまった。

近寄ろうとした薬研がとまどう。

「……兄さん、どうかしたのか？」

鶯丸はみなに伝えた。

「先に言うべきだったな。彼は燃えて、刀だったときの記憶がほとんどないんだ」

薬研が言葉に詰まり、三日月が労しげなまなざしを送る。他の四振りも何も言えない。

鶯丸は明るい声を出した。

「まぁ、とにかく戻って、茶でも飲もう。……不動、酒はいい加減にしないと、体に毒だよ」

「堅いこと言うなって」

片手をひらひらさせてあしらうと、不動は甘酒を喉に流しこむ。やや千鳥足だ。

「……ひっく、仕事終わったんだしさ、祝い酒だよ、祝い酒」

ぐびぐびと喉を鳴らす不動に、もう一言注意しようとした鶯丸だったが、三日月がそっと首を振るので思いとどまる。

あの本能寺へ行ったのだ、きっとつらい思いがよみがえってしまったのだろう。

日本号が不動の肩に腕を回した。

「いいねぇ、酒ならいくらでも付き合うぜ」

「お、さすが号ちゃん。あっはっは〜」

日本号が不動と肩を組んで先に参道を行く。他の刀剣男士たちも続き、歩きながら三日月がみなに告げた。

「では、俺は主に首尾を報告してくるか。骨喰、また後でゆっくりとな」

すると、常に主を慕う長谷部が口をはさんだ。

「俺も行く。主に帰還の挨拶をしないのは失礼だ」

「いやいや、報告ならばひとりで充分だ。それに、主も堅苦しいのは嫌いだしな」

さっさと歩いてゆく三日月を、長谷部がむすっとした顔つきになってねめつけた。

「なんだ、挨拶のどこが堅苦しい」

山姥切(やまんばぎり)が無愛想かつ不器用に長谷部をなだめた。

「気にするな。俺たちがぞろぞろ顔を並べても、うっとうしいだけだ」

己をうっとうしいと思っているのはお前だけだ、という顔を長谷部がしたが、言いたいことを黙って呑(の)みこんだようだ。


本丸奥御殿に着くと、三日月は上段の間に入った。

下ろされた御簾(みす)の前に端座する。

相変わらず、逆光と御簾とで、審神者の表情は明瞭には窺(うかが)えない。

己の主に三日月は一礼した。

「三日月宗近(むねちか)以下六名、ただ今戻った」

「ご苦労様。みな無事でよかった」

「遠征に行っている者たちは、まだ戻ってきていないようだな」

「ああ、手こずっているらしい」

遠征も出陣同様、複数の刀剣男士で部隊を組み、協力して調査に当たることが多い。

このところ、歴史の流れのあらゆる時点で、不自然な動きが観測されていた。時間遡行軍の関与を疑い、複数の遠征部隊が各時代へ派遣されている最中だ。

審神者は重苦しい声になって言った。

「時間遡行軍がここまで立て続けに歴史介入してくることは、初めてだ」

「何か狙いがあるのかもしれんな……」

「私もそれを考えていた。もし……と……」

言いよどむ審神者に、三日月は目線を上げ、御簾ごしに胸の飾りを見た。

目をこらすと、貴石の薄紅色が以前よりごくわずかに明るく……いや、そのようなことはないはず。気のせいだろうか。

「……まさか……」

審神者は応えない。

無言は肯定だと、三日月は判断した。

「……承知した。全て心得ておく。さあ、このじじいに任せて、少し休め」

審神者がいくらか苦笑したようだ。

「お前はすぐ、じじい、じじい、と言うが、私には嫌みだぞ」

おや、と三日月は目をしばたたき、朗らかに笑った。

「はっはっはっ、いや、すまんすまん。俺は刀だからな。この身なりだが千年以上ここにある故、近ごろは腰が……」

腰をさすってみせると、審神者がくすりと笑い、「ウソをつけ」と応じる。ふたりはしばらく笑い合った。

審神者がしみじみと語りかける。

「……年寄りには年寄りの為すべきことがあるな、三日月」

「うむ……」

三日月は深くうなずいた。


鶯丸は長谷部たち六振りを本丸奥御殿の広間に招いて、手ずから茶を淹れた。

茶請けにはカステラを用意して、大皿に盛る。銘々皿には大福、菓子鉢には醤油味のせんべい。鶯丸はゆっくりと茶を飲むのが趣味なのだ。

開け放たれた障子の向こうには、色とりどりの花が咲く庭がある。

手前の花壇から奥の築山まで、咲き誇る花々で埋めつくされ、築山の隣には遣り水を引き入れた池もあった。

　本丸では、小道の脇にも、林の裾にも、草原にも、四季折々の花がいつでも咲き乱れている。

　男士たちは身につけている鎧の袖や草摺、半上籠手に似た、あるいは手甲のような防具を外し、座卓について寛いだ。

　といっても、生真面目な長谷部はきっちり正座している。緊張した様子の骨喰も足を崩さない。山姥切は、うつむき加減で座ると白い布に埋もれてしまう。

　不動と日本号は座卓の茶に関心がなく、部屋の一隅で酒盛りを始める。不動は甘酒だが。

　改めて、鶯丸はみなに、骨喰について知っていることを語った。

　刀剣男士たちは、刀として歴史の流れに身を任せ、長い長い時間を過ごしてきた。なので歴史上のさまざまなことを、知識や記憶として留めている。

　日本号が納得した。

「なるほど。つまり、その薬研の兄貴は、江戸時代の大火事で焼けちまって、記憶がないっつーわけか」

　鶯丸は説明を続けた。

「骨喰は、斬る真似をしただけで骨まで砕けるといわれた、名刀だったんだ」

当の骨喰は、鶯丸の隣でもの静かに、集中してみなの様子を窺っている。

骨喰の反対隣に座る薬研が、小さくため息を漏らした。

「どうやら俺たち兄弟は、そういう星のもとにいるらしい」

骨喰が初めて声を発した。

「お前も？」

「俺は信長さんの刀だった。本能寺の変で一緒に……。兄さんほどじゃないが、俺もあのときの細かいことは憶えてない」

炎の中、納戸にこもった信長が握った短刀。

骨喰がじっと弟を見つめる。

沈黙が流れ……不動が投げやりにつぶやいた。

「いいんじゃないのか？　憶えてる方がいいとは限らないって」

大あくびをして、足を投げ出すとごろりと横になり、不動が目を閉じる。

日本号が骨喰に取りなした。

「まぁ、勘弁してやってくれ。この不動は、元は右府様――信長様お気に入りの短刀だったんだ。本能寺への出陣はちょっとキツいもんが、な」

「それでも使命は果たした。不動も成長したということだ」

と、山姥切も彼を認めた。

薬研が立ち上がり、部屋の奥にあった薄い上がけ布団を取ってきて、不動の体にそっとかけてやる。

みな、不動の気持ちはわかっているのだ、と鶯丸は温かく感じた。

顔を上げた骨喰が周りを窺い、ためらいがちに質した。

「みな、織田信長ゆかり……なのか？」

山姥切と鶯丸が、自分は違う、とかぶりを振り、つけ足すように長谷部が答える。

「いや、まぁ、俺はさっさと下げ渡された口だけどな」

信長が、へし切と名前をつけておきながら、直臣でもない男――黒田官兵衛にいきなり与えたことを、長谷部は根に持っているようだ。

「まぁ、そう言うな」

となだめながら、鶯丸はカステラを口に運び、茶を飲む。長谷部も無言で茶をすするだけになってしまう。

山姥切が代わって発言した。

「俺たちは物だ。物なりに、いろいろ事情はある」

骨喰がさらに訊いた。

「……さっきの、俺のことを知っていたのは？」

鶯丸は説明した。

「ああ、彼は三日月宗近といって、この本丸の近侍、まぁ、仕切り役みたいなものだよ。天下五剣と呼ばれる刀の中でも、一番美しいとされる名刀だ。主の信頼も篤い」

それが、長谷部には気に入らなかったらしい。音を立てて湯飲みを座卓に置くと、口をはさんだ。

「それで、最近は三日月しかお側に行けないということか？」

「長谷部、今はそういう話をしているんじゃない」

「だが、おかしいだろう？　誰か最近、主と話した奴はいるか？　三日月が俺たちを主から遠ざけているとしか――」

「はっはっはっはっ」

不意に縁側から三日月の笑い声がして、長谷部は口をつぐんだ。三色の串団子を山盛りにした皿を捧げ持ち、平然と三日月が広間に入ってくる。

「はっはっ。参ったな、そんな意地悪じじいだと思われていたとは」

三日月は気にする様子もなく笑っている。

気まずそうに身じろぎして、長谷部が詫びた。

「陰口みたいな真似は謝る。だが、言っていたことは本当だ。なぜ俺たちは主に会えない」

「いや何、たいしたことではない。主も最近忙しくてな、しばらくは人払いをするように頼まれていたのだ。……おっと、そうだ、アレをナニするのを忘れていたな」

とぼけた調子でそう言い、串団子の皿を座卓に置くと、三日月はそそくさと出ていってしまった。

長谷部と山姥切が顔を見合わせる。

「……また、得意のごまかしか」

「いや、下手すぎる」

二振りはため息をごまかすためか、茶をすする。

薬研も無言で湯飲みを取って口に運び、日本号はうつむくと手酌で酒を呑む。微妙な空気に、骨喰が当惑していた。

三日月は何かを隠している……と、鶯丸は彼が消えた方を見つめて考えこんだ。

みなのやりとりを、不動は寝たふりで聞いていた。同情されたくなくて、こんな態度を取ったが……。

数ある信長の持ち刀のうちで、特に愛されていた短刀、不動行光。森蘭丸に与えられた後も、蘭丸とともに、信長をどこまでも守っていくつもりだった。

けれど、本能寺で守ることができなかった。

だから、あのときの本能寺にまた身を置いてしまうと、心がざわめくし、苦しみも感じる。

「正しい歴史を守る」ということは、深く愛してくれたかつての主を「正しく死なせる」ことでもあった。

それが「無念の死」で、愛に応えて元の主を助けたいと、どれほど思っていても……刀剣男士となった彼らが今、従うべきは、この本丸の主なのだ。

●◉●

本能寺の変への出陣があってから、一夜が過ぎた。

早朝、三日月は審神者から至急の呼びだしを受け、本丸奥御殿の二階、上段の間へと馳せ参じた。

いやな予感がして小走りに駆けこみ、座して手を畳につくと、さっそく尋ねる。

「主、朝早くから何かあったのか?」

御簾の向こうでは審神者が、宙にバーチャルモニタ画面をいくつも展開させ、見せたことのない渋面(じゅうめん)になっているように思える。

審神者が使うバーチャルモニタは、歴史事象を観察し、歴史の流れの不自然な変化を観測するためのものだ。光学的に発現し、まるで魔法陣のようにさまざまな記号や数値が複雑に浮かんでは、画像を映しだす。

「……主?」

「信長が——」

続く言葉に、三日月は耳を疑った。

冷えて湿った風をかすかに頬に感じて、信長は目を開けた。

上から日光が細く射しこみ、薄暗いが辺りの様子はわかる。

どうやら石垣の石材を切りだす岩場——石切場だ。石を切り取ってできた洞窟のような空間に、薄物一枚を敷いて寝かされていた。

身につけているのは煤(すす)と返り血で汚れた白小袖だけで、本能寺にいたときと変わっていない。手元に黒鞘の短刀——薬研藤四郎があった。

上体を起こし、ここはどこだ、なぜここに……と訝しく見回していると、近づいてくる気配がある。とっさに短刀をつかんで引き寄せる。

入り口らしい、比較的明るい方から足音かすかに歩いてきたのは、忍びのような姿の、細身の男だった。

半上籠手や脛当などの小具足のついた鎖帷子に似たものを、ぴったりとした黒装束の上からまとい、頭のてっぺんから足の先まで全身黒ずくめだ。

顔も全て、漆黒の仮面で隠している。

仮面に開いた暗い穴の奥で、両目が赤く光っていた。

黒装束の男は片膝をつき、頭を垂れて臣従の意を表す。

殺気はない。

果たして、人なのか……信長は怪しんだ。

本能寺で見た、殺気に満ち、目を赤く光らせ、刀を手にしていた黒い異形のものは、夢か現か、どちらとも決めがたい。

「何奴じゃ」

信長に誰何され、男は静かに答えた。

「……無銘……」

まだ若そうな声だ。

「むめい？　名無し、ということか？」

「ご無事で何より……」

無事だと？　と、信長は手にした短刀を抜いて、刃を見た。

煤だらけの自分の顔が映る。

天井が焼け崩れる中、確かにこの刃を腹に突き立て、同時に意識を失った。だが、そういえば痛みは記憶していない。

「……わしは、本能寺から逃げ延びたということか？」

無銘と名のった男が一礼した。

信長は、はっとした。意識を失う寸前、炎渦巻く中から、突然黒い影が現れたことを思い出したのだ。

あれは幻ではなかったようだ。その前の異形のものどもも、おそらくは。

「そうか、お前が……」

自分の体を見る。

戦いで負ったかすり傷の他には、新たにどこも傷ついてはいない。この男——無銘が、気絶した自分を救い出してくれたのだろう。

生き存えた、絶望の淵から。

「は、ははは、そうか！　あっはっはははは！」

生気を取り戻した信長は高笑いし、立ち上がると、語気強く無銘に質した。

「その後の状況は？　光秀の動きは？　蘭丸……蘭丸はおるか！」

「畏れながら、お身内は全て討ち死に」

答えに、信長は息を詰まらせる。

「……一人も、か……？」

「本能寺は焼け落ち、信長公はご自害ということに」

瞠目する信長に、無銘は石切場の奥を手で示した。

「信長公……あれへ」

奥は真っ暗な洞窟のようになっている。

そこから、深編笠のようなものをかぶった、あの落武者の亡霊を思わせる異形のものが三体、赤い目を光らせて歩みでてきた。

身がまえる信長の前に三体はひざまずいて臣下の礼を取り、それぞれに献上の品を高く捧げる。

朽葉色をした南蛮風唐草模様のビロードのマントと小袖や袴など衣装一揃い、南蛮胴の鎧など当世具足一式、見事な拵の太刀一振り。

無銘が抑揚に乏しい声で告げた。

「どうぞ、あれらをご自由に」

異形のものは、現。

そして、我が味方。

納得した信長がうなずくと、三体の後ろに無数の赤い目が光った。異形の兵たちだった。


「おい、日本号！　起きろ！　昨日の信長が生きていた！」

朝っぱらから、誰かの怒鳴り声によって、宿舎の自室で深酒して寝入っていた日本号はたたき起こされた。

昨日の信長？

意味がわからない。

寝間着のスウェット上下のまま、とにかく広間へ行くと、長谷部、山姥切、薬研、不動、鶯丸の五振りがいた。

小具足のような防具はまだつけていないものの、いつもの装束に着替えた姿で円になって座り、不可解だという表情で額を突き合わせている。

よく見ると、部屋の隅には六振り目——骨喰もきっちりと身支度を整えて、座している。

どうやら寝ぼけたのでも冗談でもなさそうだと悟り、日本号は驚いて訊いた。

「おいおい！　信長様が生きてるってどういうこったぁ⁉　本能寺の変、きっちり仕事をしたと思ってたがなぁ」

長谷部が短く答える。

「時間遡行軍の討ち漏らしがあった。そういうことだろう」

薬研が冷静に言う。

「だが、俺たちが引きあげたとき、奴らの気配はなかったはずだ」

すると山姥切が不審そうにつぶやく。

「信長軍の誰かが逃がした……か？」

不動がすかさず否定した。

「あそこで死ぬべき奴はみんな死んでる。間違いない」

言って悲しげにうつむく不動と、考えこむ刀剣男士たちを、鶯丸が取りなした。

「ともかく、原因がわからない以上、どう動くか……。今、主と三日月が協議中だ」

「また三日月か……」

と、長谷部が苦々しげにつぶやいた。

「ぼやくな。出陣の編成はすでに伝わっている」

と言って、鶯丸が三日月から渡されていたらしい巻物を広げ、読みあげた。

「隊長、三日月宗近。以下、薬研藤四郎、へし切長谷部、山姥切国広（くにひろ）、日本号、……骨喰藤四郎」

「えっ」と骨喰が小さく声を漏らす。不動も、まさか、という顔になった。

鶯丸が穏やかな声で不動を諭す。

「不動、少し休めという主の配慮だ。俺とともに留守を守れ」

頬をいっそう赤くし、不動がまたうつむく。

骨喰がじっと不動を見つめた。真剣なまなざしだ。

じっとこらえる不動に、鶯丸が優しい瞳でうなずく。

日本号も不動を励ますことにした。

「よし、後は任せてくれ、不動ちゃん」

肩を抱いて声をかけていると、鶯丸が苦笑した。

「日本号、お前はいいから早く着替えてこい」

「はいはいっと」

「他のみなは出陣の準備を」

鶯丸の一声で、不動以外が立ち上がる。座りこんだ不動は唇を強くかんでいた。

そのころ上段の間では、端座した三日月が、御簾の向こうにいる審神者に戦の献策をしていた。

審神者が首肯する。

「なるほど……わかった。お前の策で行こう」

三日月は頭を下げた。

審神者は悔いたような口調になった。

「それにしても、信長が生き延びていたとはな……。私がもう少し、慎重になるべきだった。すまない」

謝る審神者に、三日月は急いで顔を上げた。

「いや、全ては隊長の俺の責任だ。主は何も悪くない」

「……ともかく頼む。その時も、もう近いようだから」

審神者の言葉に、三日月は胸の飾りに注目した。

今度こそ、胸に下がる薄紅色をした貴石の色が一段明るめに変わり、わずかに発光し始めているように見える……が。

審神者がきっぱりと言った。

「互いに守るべきものを守ろう」

「主――」

言いかけて、三日月はただ頭を下げる。

「三日月……私は、いい刀剣たちに恵まれた」

三日月はとっさに言葉を返す。

「それを言うなら、我らの方こそ。良い主に――」

言いかけて、三日月は万(よろず)の言葉を発するのではなく、ただ笑ってみせた。

「これではまるで、今生の別れのようだな」

審神者も小さく笑って、命を下した。

「後のこと、本丸のこと、全て頼むぞ」

「……うむ。では」

つかの間、まなざしを交わす。

主に優しく微笑み、三日月は一礼した。

「行って参る」

上段の間を辞し、三日月が階段を下りてくると、下で腕組みをした鶯丸が待ちかまえていた。おっとりした彼にしては、厳しい表情だ。

横を通り過ぎようとしたら、鶯丸が静かに言った。

「もう話してくれてもいいころだと思ってな。お前と主が何を隠しているのか、留守居役として聞いておこう」

「……かなわんな、鶯丸には」

鶯丸もまた、長く人の世にある。数えきれないほどのできごと、諸行無常の理を見つめてきた。

三日月は振り返り、認めた。

「図星だ。お前には、よくよく頼まねばならん」

周囲に誰もいないか確かめると、三日月は鶯丸に近寄って耳打ちした。

戦装束に着替えた日本号は自分自身である槍をかついで、のんきに黒田節をくちずさみながら、広間へ向かった。

「酒は呑(の)ぉめぇ呑ぉめ〜、呑ぉむなぁらぁば〜っと」

すると、

「本当なのか⁉」

と驚く鶯丸の抑えた声が、廊下の曲がり角の向こうから聞こえた。

不審に思い、足を止めて曲がり角に身を隠すと、日本号はそっと様子を窺った。

鶯丸と三日月が、ひそひそと話をしている。

三日月は背中を向けているが、鶯丸の表情は見えた。珍しく動揺している。

これは……と日本号は顔を引っこめて、息を殺した。立ち聞きは行儀が悪いとわかってはいるが、彼らのすぐ脇を通るわけにもいかない。

鶯丸が三日月につめよる。

「なぜ今まで……」

「絶対に外に漏れてはならんからな。念には念を入れていたんだが……、時間遡行軍に知られた可能性もある」

鶯丸が息を呑んだ。三日月の声もいつになく深刻だ。

「鶯丸、頼むぞ」

「待て、だったら、主の側にはお前が残った方がいい」

「いや……、俺は今回で近侍を降りるつもりでいる」

「何!?」

聞いた日本号も驚いた。このところ近侍はいつも三日月で、いきなり降りるなんて予想もしていなかった。

「どういうことだ」と、鶯丸が焦り気味だ。

「本能寺の件で、主に謝らせてしまったよ。情けないことだ」

「それは、主はああいうお方だからな。でも、お前のせいでもないだろう？」

「俺だ……俺なのだ」

三日月の声がどこか悲しげに響き、鶯丸は何も言葉を発せずにいるようだ。

間を置いて、三日月がいつものような穏やかな声で言った。薄く微笑んでいるのが、見えずともわかる、優しい声。

「さて、その分の働きをしてこようか」

三日月が歩きだし、息を潜めている日本号に気がつかない様子で、通り過ぎていった。

日本号も動揺したが、三日月が話してくれるまでは、と胸の内にしまいこむ。

薬研、長谷部、山姥切、骨喰は出陣の支度を調え、時空転移装置のある祠の前で、残る二振りを待っていた。

「まだか、三日月宗近と日本号は」

と、長谷部がいらいらしている。

傍らの骨喰が、祠の時空転移装置——大きな水晶玉をじっと見つめているのに気づき、薬研は振り返った。

「どうした、兄さん。初陣が心配か？」

「……よく、わからない」

「ん？　何が？」

「歴史とは、守らなければならないものなのか？」

「え……」

骨喰の発言に、絶句した薬研だけでなく、長谷部と山姥切もぎょっとして振り向き、注目する。

視線を浴びて、骨喰がとまどったように言った。

「戦うのがイヤなんじゃない。ただ理由を知りたいだけだ」

間髪を容れず、長谷部が断言する。

「歴史が変われば、後の世が変わってしまう」

納得できたのかできなかったのか、骨喰が静かに応えた。

「……そうか」

長谷部と違い、薬研はとっさに言葉が出なかった。理由……主の命だから、というのは理由だろうか、と思ったために。

いや、それは理由に足る、と自分に言い聞かせる。

所詮、主に従い、使われるものとは、そういう存在。長谷部はそれを少しも疑っていないだけだ。

山姥切は考えこんでいるのか、まなざしを伏せて無言だった。

歴史に干渉する敵、その目的はわからない。

しかし、変えてはならないものがどこかにあり、主はそれを守ろうとしているのだと、想像する。

主——大将のために戦うだけだ、と薬研は腰に帯びた己自身の柄(つか)を握りしめた。

「待たせたな」

いつものようにのんびりとした声がして、三日月が杉並木の参道をやってきた。

「悪い悪い」と、日本号も三日月を追ってくる。

三日月が祠の水晶玉の脇に立った。

「みな、準備はよいか」

全員がうなずき、斎庭に並ぶ。

「では、行こうか。目的は一つ――」

祠の大きな水晶玉に、三日月がすっと手を伸ばし、きっぱりと告げる。

「織田信長公、暗殺」

小さな水晶玉が各自の手に渡り、薄紅色の花片が宙にあふれだして、激しく舞う。


天正十年六月二日。

織田信長が明智光秀(あけちみつひで)に弑逆(しぎゃく)された本能寺の変。

その一報を受けた羽柴秀吉(はしばひでよし)は、信長の仇(あだ)を討つため、驚異的な速さで備中(びっちゅう)から京へと引き返した。

そしてわずか十一日後には、山城国(やましろのくに)と摂津国(せっつのくに)の境である山崎(やまざき)の地にて明智軍を圧倒。

残り少ない手勢とともに、明智光秀は追い詰められることとなった。

# 第参章◎信長

天正十年六月十三日の夕方、山崎の地。

献上された当世具足とマントを身につけた信長は、高い崖の上から、街道を敗走する明智軍を見下ろしていた。

大将の光秀はとっくにどこかへ逃げ失せ、殿の兵たちが必死に防ぎながら、這々の体で逃げている。

辺りの草むらには数多くの骸があった。水色桔梗の旗指物を背に負った、明智軍の兵たちだ。光秀が裏切らなければ、中国攻めで武功を上げることもできたであろうに。

全く、世は無情で、かつ無常なものだ。

実に愉快だった。

無常のために生じた「自分が死んだ後の右往左往」を目にすることができ、しかも思いの外楽しい見物だったのだ。

満足して信長は振り返った。

配下の兵たちが、数百ほど、ぞろりと控えている。

言葉を発せず、殺気をまとうと黒い妖気を漂わせる、鬼や亡霊のような恐ろしげな姿の連中だが、剣の腕は確かなようだ。

会話ができるのは、蘭丸（らんまる）に代わって側近となった無銘だけだった。信長は機嫌よく無銘に話しかけた。

「光秀め、たわいもない」

「信長公……あなた様が死んだことになったままでは、お助けした意味がない……」

感情のこもらないしゃべり方で、顔も全く見えないため、無銘が何を思っているのかはわからない。しかし、信長に忠実であることは態度からわかる。

「案ずるな、誰が信用に足るか見極めておるのよ。まず猿はよかろう」

信長が視線でうながすと、伝令を呼ぶため無銘が手を挙げて合図する。

白い蓬髪（ほうはつ）に立烏帽子（たてえぼし）のようなものをかぶり、古式の具足をつけて太刀（たち）を佩（は）いた兵が一体進みでて、信長の側（そば）に片膝をついた。

マントを翻し、信長は右手に持っていた書状を兵に差し出す。

「これを秀吉に渡せ。渡すだけでわかる」

あて名は『赤尻ノ猿殿』。

兵は一礼し、書状を受けとって直ちに走り去った。

信長は無銘に言った。

「安土（あづち）の城で待つとしたためた。安土で軍を調え、世に宣言するのじゃ。この信長が、まだこの世におる、とな。みな、もう一度ひっくり返るぞ。わっはっはっは」

高笑いした信長だが、すぐに、眼下を逃げ惑う水色桔梗の旗印の群れを鋭くにらんだ。

「その前に、あのキンカ頭を討つ」

高笑いする信長を、明智軍が逃げる街道を挟んで反対側の高台から、薬研（やげん）は遠眼鏡（とおめがね）で観察していた。長谷部（はせべ）も遠眼鏡をのぞいている。

横には山姥切（やまんばぎり）が風になぶられる白布のフードを押さえて立ち、後ろでは三日月（みかづき）が腕組みして、それぞれ辺りの様子をながめていた。

忌々（いまいま）しそうに長谷部がつぶやいた。

「やはり、信長を助けたのは時間遡行軍（じかんそこうぐん）か」

薬研は視界に入った黒装束の男に注目した。

あの黒い仮面、本能寺（ほんのうじ）で光秀を襲おうとした刺客（しかく）だ。気配が薄いとはいえ、やはり時間遡行軍の一員だったようだ。

「あいつ……そういえばちょっと妙だったな」

「どれだ？」

と、山姥切が薬研から遠眼鏡を借り、のぞく。

「ああ、あのすばしこい奴か」

すると長谷部が振り向いた。

「何が妙なんだ？」

薬研はあのときの違和感を思いだした。

「あいつと剣を合わせたとき、時間遡行軍の気配が弱かった」

いったい何者なのだろう。

一方、時間遡行軍の気配が消えたのに信長が生きていた理由が見えて、長谷部は納得したようだ。

「そうか。それで、奴が密かに信長を……」

薬研と山姥切もうなずき合い、三日月もじっと聞いている。

そこへ、背後の竹林から日本号と骨喰が出てきた。豪快に大股で歩く日本号と、気を引きしめた表情で、隙のない骨喰、という組み合わせだ。

「光秀の方を見てきたぜ」

「おお、ご苦労だったな、ふたりとも」

三日月が柔和な笑みでねぎらう。

日本号が報告した。

「残った手勢と勝竜寺城にこもってる。おそらく夜を待って脱出する気だ。それと、信長様が生きてること、まだ誰も知らねえな。表面上は歴史どおりってとこだ」

長谷部が険しい顔つきになった。

「それも時間の問題だろう。さっき走った兵が伝令かもしれん。俺が行ってくる」

どこへ向かうつもりなのか、敵の伝令を追いかけようというのだろう。

行きかける長谷部を三日月が止めた。

「待て。今しばらく様子を見る」

「は？　様子見って、そんな暇があるか⁉」

長谷部が不満を露わにした。

薬研もつい三日月の顔を窺ってしまった。山姥切と日本号も驚いているし、骨喰はやや不安そうだ。

諭すように、穏やかな声で三日月が自説を述べる。

「歴史の修正がまた新たな歴史改変を生んでは、元も子もない。今は慎重にな」

しかし、その鷹揚さが長谷部には逆効果だったようで、かっとなり、くってかかってきた。

「だが、信長生存が知れ渡ってからでは面倒だぞ。あれだけでも潰すべきだ」

「まぁ、そう殺気立つな」

「悠長すぎるぞ、三日月、仕事をする気があるのかっ」

「無論だ。だがお前には負けるかな？　はっはっはっはっ」

のんびり答えて笑う三日月の胸ぐらを、怒った長谷部がぐっとつかむ。

「ふざけるのもいい加減にしろっ」

日本号が割りこみ、長谷部を引きはがした。

「待てよ。じいさんにも考えがあるんだろ」

怒りが収まらないのか、長谷部が強く言い捨てる。

「言わない考えなら、ないのも同じだ。悪いが、手遅れになる前に動かせてもらう」

「長谷部――」

「わかった。任せよう」

三日月が静かに言った。

長谷部は返事をせず、三日月をにらみつけただけで、足音荒く去ってゆく。日本号がすかさず取り持った。

「俺がついていく。ま、ムチャはさせねえよ」

「うむ。頼んだぞ」

行きかけた日本号が振り返って、心配そうに言った。

「あいつの言うことも一理あると思うぜ。信じちゃいるが、話してくれなきゃわからねえことはある」

日本号の言葉の裏に、何か含みがあるように、薬研は感じた。だが、訊く前に日本号は行ってしまった。


日本号は長谷部を追った。

「おーい、待てよ、へし切!」

むっとした顔で長谷部が振り向いた。

「長谷部と呼べ!」

いつもの長谷部だ。日本号はにやりとして、わざとふざける。

「へし切ぃ~」

「長谷部と呼べ!!」

わはは、と笑い、日本号は長谷部の肩をたたいた。

長谷部と三日月の言い争いを日本号が取りなしたのを、山姥切は見守った。

このごろの三日月は、どうにも腹の中が読めない、とは山姥切も思っている。底知れなさは元からだが、さらにわからなくなった。

考えている山姥切と、無言の骨喰・薬研の兄弟に、三日月がもめ事など何もなかったように明るく声をかけた。

「さて、信長の出方を見るとしようか」

ふっと、真顔になる。

「山姥切、薬研、お前たちは光秀の方を頼む」

薬研が少しだけ、探るように三日月を見つめてから、「わかった」と短く答えた。

山姥切はまだ考えていた。

三日月は、俺たちを遠ざけたいのか？　なぜ……と。

「山姥切、お前も長谷部と同じか？」

三日月が静かに尋ねた。じっと見つめられる。

我に返り、山姥切は思いを見透かされないようにと、うつむいてフードで顔を隠しながら、すばやく答えた。

「俺は隊長の命令には従う」

まとった白布の裾を翻し、山姥切は歩きだした。

ぐだぐだと、余計なことを考えても仕方がない。迷えば、斬れ味が鈍るだけだ。

薬研が追ってくる。

涼風(すずかぜ)が止(や)み、夕方なのに蒸し暑さを感じる。


駆けた山姥切と薬研は、日没で薄暗くなるころ、山崎から一里ほど離れた勝竜寺城のすぐ裏にある崖の上に着いた。

山崎の戦いで敗走した光秀が逃げこんだのが、この城だ。

木立と藪(やぶ)に身を隠し、二振りは様子を窺う。

城の搦手門(からめてもん)には篝火(かがりび)が赤々と焚(た)かれ、番衆の兵たちが十数名ほど辺りを警戒していた。篝火の数がやけに多い。

当時の記録によれば、光秀は警戒のために城の周りでたくさん火を焚き、建物内では今後について家臣たちと長く話し合ったという。

この状況は歴史のとおりだ。門内の建物からも明かりが漏れている。

「光秀はあそこか」

山姥切がつぶやくと、薬研も城を見つめつつ、口を開いた。

「隊長の命令には従う……か。山姥切らしい割り切りだな」

「隊長の命令はすなわち主の命なんだから、当然だ」

山姥切は自分にそう言い聞かせる。が……薬研はどうなのだろう。

「だが……お前はそう簡単にはいかないだろう？」

「何が？」

と、薬研が不思議そうに聞き返した。

「あそこにいるのは、言ってみればお前の元主の仇だ」

息を吐きだすようにして、薬研は、ふっ、と小さく笑った。

「ああ……。だが今の俺は、光秀の最期を知っている。あいつは今夜、落武者狩りに遭って死ぬってな」

「……それで気が済んだ、というわけか」

「さすがにそこまで言い切れないが……」

薬研がさばさばとした口調で述べる。

「いつか主に言われたことがある。光秀という人間はもう、守るべき歴史の一つに過ぎないってな。それで……ストン、と落ちた」

割り切れるものなのか……と、山姥切が薬研の横顔を見つめていると、薬研は真顔になり、ぽつりと言った。

「落ちないのはやっぱり……三日月が何を考えてるか、かな」

「ああ」

当面の問題として同じことを考えていたか、と山姥切は納得した。


一方、山姥切と薬研が去った後。

三日月は残った骨喰に笑みを向けた。まだ仲間としてうち解けていない様子だ。

「歴史を守る必要があるか——そう訊いたらしいな」

応えられず、骨喰が緊張気味になる。

「よいよい。何も考えず、ただ刀を振るうだけよりよほどよい。そうなってしまっては、ただの魔物だからな」

「魔物……」

骨喰がわずかに首をかしげる。三日月はうなずいた。

「われらは、人に作られし刀剣だ。持ち手次第、そして心持ち一つで、魔物にもなる」

記憶がないせいなのかはわからないが、骨喰がどう受け取ったのかが、仕草や表情から伝わりにくい。

時間をかけて理解すればよい、と思いながら、三日月は優しく諭した。

「幸い、我らは持ち手である主には恵まれた。お前の戦う理由も、そのうちわかるだろう」

骨喰が考えこむ。

「ただ……それまでの間、昔のよしみで俺に付き合ってはくれないか。ちと、頼みたいことがあってな」

骨喰の答えを待つ。ゆっくり顔を上げ、骨喰は少しだけ明るい声で言った。

「……わかった」

「ありがたい」

にっこりと笑うと、骨喰もほっとした様子になる。

三日月は傍(かたわ)らに目をやった。野草の群れが空色の花を咲かせている。手のひらを立てたほどの丈しかない小さな花の、か細い茎が何本か折れてしまっていた。

「我らの誰かが踏んでしまったか」

三日月はかがみ、折れた花に黒い手袋をはめた手をそっと添えた。

「……歴史を守るとは、ことほど左様に難しい」

近寄った骨喰が澄んだ瞳を凝らし、無言で花を見つめる。真剣そのものだった。

天正十年六月十三日深夜。

山城国の東外れ、山科の手前の小栗栖の地。

甲冑姿もぼろぼろになった光秀とわずかな家臣たちは、勝竜寺城を脱出すると、居城である近江国の坂本城を目指し、林の中を月明かりを頼りに逃げていた。

気配を消して藪に隠れつつ、山姥切と薬研は光秀たちとともに進む。

不意に、脇から鋭い気配が近寄ってきた。

振り向きざまに薬研は短刀の柄に手をかけ、山姥切も鯉口を切って身がまえる。

だが、月明かりの下に現れたのは三日月と骨喰だった。

薬研と山姥切は、ほっとしてかまえを解いた。薬研は三日月に訊いた。

「おふたりさんか……なんでここに」

「信長を追ってきたのだが――」

突然の悲鳴が、三日月の言葉をかき消す。

振り返ると、光秀と家臣たちが腰を抜かさんばかりに驚き、震えながら後じさっていた。

木立の陰の中、誰かが光秀の目の前で仁王立ちしている。すさまじい威圧感だ。

陰から一歩踏みだし、望月に満たない月光の仄明かりに浮かんだその顔は……

「の……信長……生きて……‼」

うろたえる光秀に、信長は冷酷きわまりない声で質した。

「光秀、わずかに舐めた天下の味はどうじゃ？」

ぞろり、と信長の後ろに多くの黒い影が湧いて出た。まるで闇からちぎれてきたかのように。次から次へと影たちの目が赤く光ってゆく。

「あ……あ……あ……」

言葉にならない光秀に向かい、信長は言い放った。

「そのひとしずく、冥土への土産といたせ」

腰の佩刀を抜き、鋒を光秀へと突きつける。

影――時間遡行軍と黒装束のあの刺客も、一斉に抜刀し、襲いかかる。

山姥切があっけにとられてつぶやいた。

「信長は自分で光秀を殺る気だ……！」

正直、薬研も驚いた。

「ここで光秀が死ぬのは歴史どおりだが……」

背後に立つ三日月を振り向き、薬研は尋ねた。三日月が隠していることを明らかにするために。

「もしかして、これがあんたの狙いか？」

だが、三日月は厳しい表情で金糸の柄を握り、鯉口を切ると刀身を五寸ほど引き出す。美しい拵（こしらえ）の鞘（さや）からのぞいた刃（やいば）に、薄く光が走る。

違う……。

薬研ははっとした。

これは、想定外のできごとらしい。

薬研たちの目の前で、時間遡行軍が光秀の家臣たちを一刀のもとに斬り伏せた。

抜き身の太刀を手にした信長は、誰にも邪魔されることなく逃げまどう光秀を追う。信長の後ろには、あの黒装束の刺客が従っている。

巨木の幹に光秀を追い詰めた信長は、刃を振り下ろした。光秀も太刀を抜き、それを受け止めて防ぐ。

鋭い音が夜の森に響いた。

二合、三合、と打ち合わせたけれど、信長は易々と光秀の太刀を弾き飛ばして、右肩口に斬りつける。

「うあぁ……っ」

木にもたれた光秀に、信長がとどめを刺そうとする。上段から打ちこまれた刃を、光秀はすんでのところで、抜いた腰刀で止めた。

長めの短刀で、櫃には倶利伽羅竜の浮き彫りがある。

竜が月の光に照らされた。

そのとたん、黒装束の刺客が頭を押さえて苦しみ始めた。

両目の光が赤から金色に変わり、刺客は信長に飛びかかった。短刀の刃を閃かせ、突き立てようとする。

すんでのところで刺客の刃を避けた信長が、怒鳴る。

「無銘！　なんの真似じゃ‼」

薬研も思わず叫んでいた。

「どういうことだ⁉　なんで時間遡行軍の奴が！」

そのとき、すでに三日月が、もつれ合う信長と光秀、刺客をめがけて、すばやく走り出していた。

走りながら抜刀する。

気づいた山姥切が呼び止めた。

「三日月⁉」

いったい何をしようというのか、誰を斬るつもりなのか。

混乱し、薬研たちは揃って、とっさに動けなかった。完全に後れを取り、三日月を制することができない。

背に光秀をかばう刺客――無銘に、信長が激高する。

「く……今さらわしを斬ろうとは、いったいどういう――」

ひるまず、無銘は刃を大きく振るい、信長を切り裂こうと……。それを止めたのは、三日月の太刀の棟だった。

――『目的は一つ。織田信長公、暗殺』

出陣の際、そう言ったのは他ならぬ三日月だった。

混乱していた薬研はそれを思い出し、考えた。

どんな状況で、どんなにいきなりでも、今、三日月が斬るなら信長さんに決まってるだろう、それが使命なんだから。光秀は放っておいても、まもなく死ぬ。

いや、まとめて斬るつもりかもしれない。歴史を守るために。

そう思って、時間遡行軍に邪魔されないよう助太刀に走ろうとした薬研は、衝撃を受けた。

山姥切も同じらしい。口を開けたままだ。

骨喰もとまどった顔をしている。

無銘の鋭く的確な斬撃を、三日月はものともせずに撥ね除けた。打ち合いで圧倒すると、残映がきらめくような見事な太刀筋を見せつけ、大きく退かせる。

「さあ、こちらへ」

目を丸くしている信長を、三日月は逃げ道へと誘おうとする。

信長を助けようとしている――。

「どういうことだよ！」

叫んだ薬研は、自分の声が震えているのに気づく。山姥切も絶叫していた。

「三日月!!」

しかし、三日月を止めることはできなかった。

家臣たちをほとんど倒した時間遡行軍が、飛び出した薬研たちに気づき、取り囲んだのだ。

やむなく戦端を開く。

薬研、山姥切、骨喰は互いの背中を預けつつ、時間遡行軍を片っ端から斬り倒すはめに陥った。

彼らの刃をかわし、撥ね除け、返す刀で胴を斬り裂く。喉に鋒を突き立てる。

短刀は間合いが短いため、敵の懐に潜りこみ、蹴りで体勢を崩させてから急所を狙う。

「えぇい！」

薬研は敵の太刀のこめかみに刃を突き立て、えぐった。

続けて首筋へと裂き開く。

その兵が霧散して闇に溶けてゆく中から、次の敵が打刀（うちがたな）をないでくる。それを飛びこし、相手のあごを蹴りあげて、宙で縦に回転、体勢を立て直す。

「ずえぇりやぁぁぁぁっ」

気合いもろとも、喉をかき斬った。

刀を振りきると、刃の棟から鋒が月光に淡く照り輝く。返す刀で胸にとどめを刺すと敵が砕けて消えた。

初陣（ういじん）の骨喰も鋭いまなざしに変わり、武器としての本能に導かれるかのように、動き出していた。

左手で鞘を握り、柄に右手の指をかけたまま、ためらいなくつっこんだ骨喰が、体当たりして敵を地面に倒す。抜くは、表に倶利伽羅竜、裏に不動明王（ふどうみょうおう）が彫られた、鋭い刃。

伸（の）した敵に飛び乗って、その刃で胴を突き貫く。そのまま、上半身全体を使って刃先を走らせ、切腹のように一文字に裂いた。

断末魔の叫びとともに、敵が粉々になって散る。

「斬る！」

と低く吠え、夜風に白い布をはためかせながら山姥切がくるくると身を返し、三体続けてすばやく斬り倒す。

鎬を月光がなで、一条きらめいた。

さらに一体が、やぶれかぶれになって襲いかかってくる。

振り回された太刀を、山姥切が左手に持った鞘で去なして勢いを削ぎ、右手の刀身で両足を切断、倒れたところへ、左胸に鋒をねじこむ。

その時間遡行軍が黒い粒子に変わって闇に吸いこまれ、残るは、怒りに震えているらしい一体だけとなった。赤い目が揺らぐ。

その隙に、傷だらけの光秀を生き残った家臣が支えた。

「殿！　今のうちに！」

よろめきつつ、光秀と家臣が木立の陰に逃れた。

「光秀が！」

「まずい！」

薬研と山姥切は同時に叫んだ。

時間遡行軍の最後の一体を、二振りがかりで一気に倒し、骨喰もともに、光秀を全力で追いかける。

そのとたん、轟音を伴って目の前の地面に落雷した。

足がすくんだ三振りの前に突き立ったのは抜き身の大太刀だった。刀身が太く、丈も三尺を超える。

ぎょっとする間もなく大太刀が黒い妖気を噴きだし、時間遡行軍の一員が顕現する。

地面から引っこ抜いた大太刀を肩にかつぎ、黒いざんばら髪の頭上に二本の角を持つ、黒い鬼のような巨体……。

「大太刀！」

山姥切が目をむく。

大太刀はぎらっと目を赤く光らせると、しゃがれた声で脅した。

「なまくらども……引っこんでいろ……」

「それはこっちのセリフだっ」

薬研は怒鳴り返し、突っこんだ。しかし軽く弾き飛ばされてしまう。

着地して体勢を立て直し、二度三度と挑みかかるが、鋒は敵の肉を捉えるどころか、かすめることすらもできない。

「く……っ」

「参るっ」

山姥切が斬りかかったが、これもまた弾かれてしまった。

骨喰が加わり、三対一で休みなくしかけるが、薬研たちよりもずっと長い刀身を持つ大太刀は、三振りまとめて斬ろうとしてくる。

これは手強い……と、薬研は歯を食いしばった。

大太刀は自分が圧倒的に有利と思ったのか、余裕の態度で背後を見た。

薬研たちから少し離れたところで三日月が、信長を斬ろうとする無銘を防いでいた。

「無銘め……血迷うたかっ」

大太刀がつぶやいたその隙に、薬研たちは一斉に斬りかかった。それを、大太刀が一気に払い除ける。ぶつかり合った刃から火花が散った。

「うわっ」

たまらず退く薬研たちを置いて、大太刀は無銘へ向かう。しかしそれよりも早く、三日月が無銘の胴に一撃を入れて、膝を折らせていた。

「信長公、こちらへ！」

三日月が信長の手を引いて、林の奥の闇へと駆けさる。

「待ていっ」

大太刀が三日月を追った。

そのとたん、藪の陰で突然、目映い光が二条、一瞬だけ放たれる。

そこから飛び出してきたのは、二頭の馬だった。

それぞれ三日月と信長がまたがっている。

たたらを踏んだ大太刀を蹴散らすようにして、三日月は見事な手綱さばきで馬上の信長を導き、闇へと再び消えた。

「三日月……！」

そんな、信じられない……三日月が信長を助けた……。

茫然とした薬研に、山姥切が呼びかける。

「とにかく、俺たちもいったん退くぞ」

三振りは茂みの中へ飛びこみ、逃げた。


刀剣男士たちがいなくなったことをさほど気にせず、大太刀は地面にうずくまる無銘に、背後から近づいた。

「無銘……」

振り返る無銘の、仮面で隠された顔を鷲づかみにする。

「うっ……あ……あぁ……っ」

苦しんでもだえる無銘だったが、不意に目の光が金色から赤へと戻り、とたんにおとなしくなる。

大太刀は手を離した。

「血迷うな、無銘」

無銘が無言でうなずいた。


天正十年六月十三日、この日を最後に明智光秀は歴史から消えた。落武者狩りに遭ったとも、自害したとも、伝えられる。

●
◉
●

戦闘から離脱した薬研たちは痛みを覚え、思ったよりも傷を負っていることに気づいた。

薬研は左手首近くの腕をかすっただけだ。

だが、山姥切が防具をつけない左腕を斬られていた。左足首も負傷している。

骨喰は背中に浅い傷があった。

山一つ離れた藪の中で、夜明けを待つ。

待っている間、三振りは無言だった。骨喰はもともとあまりしゃべらないし、山姥切は考えこんでしまうと、やはり無口になる。

薬研もしばらく考えて、冷静さを取り戻した。

三日月が隠していることと、今回の行動には関係があるはず、と思い至る。

だったら、拙速に判断せず、情報をもっと集めるか、三日月の行方を捜して様子を探るか、だ。


明るくなってから、水の流れる音を頼りに川を探し、三振りは河原へと降りた。思ったよりも広めの川で、綺麗(きれい)な水がたっぷり流れている。

川辺でまず、小具足などの防具を、壊れていないか確かめながら全て外す。

薬研は腰のベルトにつけていた胴乱(どうらん)に似たポーチを開け、応急処置の薬と包帯、ガーゼを取りだした。傷を縫う針と糸もあるが、今回はそこまではなさそうだ。

山姥切が、

「俺なんかより、骨喰の世話をしてやれ」

と言って聞かないので、先に骨喰の服を脱がせて傷を洗い、薬を塗ったガーゼを当てて包帯を巻く。

まだ山姥切が拒むので、次に自分の傷に薬を塗る。骨喰も山姥切も、もちろん薬研も上着が血で汚れていた。

「洗っておくか……」

刀剣男士は人ではなく、あくまでも物だ。

手入れすることで、傷や汚れは消える。出陣先では、自分たちでできることはしなくてはならない。

いい加減傷を見せろ、それにお前の服も洗うからと、薬研は山姥切に迫って、上着と靴、靴下を脱がせた。

それでも山姥切は、全身を隠す白い布だけは外さない。

上着などの洗濯を骨喰に頼むと、薬研は有無を言わせず山姥切を石に腰かけさせて、足と腕の手入れを始めた。

傷を洗って薬をつける。左腕に続いて左足に包帯を巻きながら、山姥切に謝った。

「今はこれくらいしかできないが」

「充分だ。それより問題は……」

山姥切が険しい表情で小栗栖の方向をにらんだ。薬研はうなずいた。

「三日月か」

「歴史を変えてまで、信長を生かしておく理由があるか？」

山姥切に問われて考えてみたが、薬研には本能寺に火が放たれてから、気がつけば秀吉のもとにいた、その間の記憶があいまいなのだ。焼けたせいだった。

薬研はかぶりを振った。

「俺が知る限り、三日月が信長さんの持ち物だったこともない……。兄さんは何か思いだせないか？」

川の流れで血をぬぐった布をすすいでいる骨喰に、薬研は訊いてみた。けれど、骨喰は小さく首を振るだけだ。

そうだ、骨喰には記憶がないのだ。

それに、三日月と二振りでいたあの短い時間で、三日月が簡単に何かを教えるはずもないだろう。

薬研はため息をついた。

「……こうなってみてわかったが、三日月のことを知らなすぎるな、俺たちは」

「……ずっとそうだった。自分のことを話さないんだ、あいつは」

いつも笑ってはぐらかされる。柔和な表情とどこかとぼけた口調に、力が抜けて何も言い返せなくなる。

　本当に食えないじじいだ。

　三日月についての薬研と山姥切の会話を、洗濯をしながら骨喰が黙って聞いている。

　これから三日月がどう動こうが、努めて冷静でいようと薬研は思った。


　同じ朝。

　山中の古びた観音堂の中で、信長は目を覚ました。あの藍色の衣の若者が、傍らで静かに控えていた。

　昨夜、突然襲いかかってきた無銘の刃を、すばらしい剣捌(けんさば)きで防いで、自分を連れだした若者だ。

　暗い林の奥に隠しておいたのか、目眩(めくら)ましのような光とともに、いきなり二頭の駿馬(しゅんめ)を用意してみせた。

　以前に一度、本能寺でも言葉を交わしたのだが……何者か、まったく不明だ。

「朝餉(あさげ)の用意はございませぬが、しばらくお待ちを」

　と言い置いて、若者が出ていった。

静謐な場所だ。

道からは離れているのか、近くに人のいる様子はない。

遠くで小鳥たちがさえずり交わしていた。

堂の格子扉を開け、信長は板縁に腰かけて若者を待った。

ひんやりとした濃い緑陰に建つこの堂からは、湿った苔の匂いがする。屋根も柱も、板縁の端も、びっしりと苔むしていた。

ほどなく若者が裏手から戻ってきた。泉からくんできたと、優雅な手つきで、茶色い木の椀に満たされた水をさし出す。

昨夜はこの堂内を借りて仮眠を取ったのだ。水をくんだ、この縁が欠けた木の椀も、堂の観音像に供えられていたものを拝借したようだ。

「このような場所では、水しかさしあげられませせぬ」

「よい」

信長は椀を受け取り、一気に飲み干した。冷たくて美味だ。

喉が潤ったところで、若者にずばり問う。

「で、お前はあの無銘と同類か？」

「同類と申しますと？」

「『正しい歴史』とやらを知る者じゃ」

はて、と若者は目をしばたたいた。

ひょうひょうとした態度だが、明るい光のもとで見れば、若者はますます美しい姿をしている。

そして、優美な立ち居振る舞いに不釣り合いなほど、まるで隙がない。

「……ほぅ、あの無銘とやらは、そのような話まで」

はぐらかそうとする若者を、信長は追及した。

「わしは本能寺で死ぬはずだったと、抜かしおった。だから助けて、歴史を変えるのだ、と。逆にお前は、わしを死なせようとしておったはず」

「左様なことは決して」

「とぼけるな」

信長は立ち、板縁にかかる石の階に立つと、若者を見下ろす。

「まぁ、お前がわしを奥の間に閉じこめた故、無銘が抜け道を使ってわしを連れだせたわけだが」

若者が瞠目した。

「抜け道！　そのようなものがございましたか」

しかしその驚きぶりも、わざとらしいと思ってしまえば、実にわざとらしい。

「……全く、どこまで真面目かわからぬ奴じゃ」

信長がぼそっとつぶやくと、若者は相好を崩した。楽しそうに笑う。

「はっはっはっはっ。これで、信長公より相当歳のいったじじいにございますれば、近ごろは物忘れも多く」

かしこまるどころか冗談で返す若者に、信長はあきれた。

「……ふん、目的を申せ。何が狙いじゃ」

「私はただ、信長公を安土城へと」

「安土？　わしにとっては願ってもないことだが……」

いったい何を考えているのか、と信長は若者の顔を窺った。微笑しているばかりで、ちっとも腹が読めない。

あの無銘も仮面の下は全くわからないが、忠誠心だけは感じられる。

話している内容も、突拍子もないこともあったが、問い質すと打てば響くような返事があり、腑に落ちることができた。

なのに、この男と来たら……。

「……まあ、よい。猿が来るまでは、お前を頼る他ない」

「畏れ入りまする」

と、若者が一礼する。

信長は若者に歩み寄った。

「名前はなんと申す」

「三日月宗近、と」

「ふふん、あの天下の名刀と同じ名か」

三日月宗近……信長が知るその名は、足利将軍家の数ある宝剣のひとつだ。足利将軍の持つ多くの名刀のうちでも、三日月宗近はその姿が特に美しいとされる。

信長も手にしたいと願い、将軍義昭から奪う機会を狙っていた。

「……面白い……。宗近！」

信長は木の椀を突き出した。

「水をもう一杯所望じゃ」

椀を受け取り、三日月がまた一礼した。

# 第肆章◎秀吉

同じく六月十四日の朝。

時間遡行軍の伝令を長谷部とともに尾行した日本号は、武将や兵たちが集まる陣営に着いた。桐の紋の旗印を見て、なるほど、と日本号は得心する。

ここは、秀吉の本陣だ。

信長が生きていると秀吉が知れば、信長に従って動くしかなく、やがて天下を取る道のりを邪魔できる。

太閤殿下とならず、小田原攻めもなければ、関ヶ原の戦いもなくなって、結果として徳川家康も天下人にはならないだろう。

歴史がひっくり返る、とはそういうことだ。

どうにかばれずに、二振り揃って陣幕の中を窺えるところまでたどり着く。

というのも、あまりに異様な風体の伝令に、秀吉の家臣たちが怯え、気を取られたおかげだった。斬り捨てようにも、手が出せない。

伝令から差し出された書状の『赤尻ノ猿殿』としたためられた表書きを、一目見た秀吉は、恐れることなく受け取った。食い入るようにして読む。

読み終えると、周囲に控える家臣たちに厳しい声で命じた。

「……この者と二人だけにせい」

片膝をついて頭を下げている伝令を、家臣たちは怖々と見て反対する。

「しかし、そのような得体の知れぬ者と――」

「早うせい！　よいか、わしの許しが出るまで、何があっても近寄ってはならぬ」

「……はっ……」

秀吉の剣幕に、家臣一同は仕方なく陣幕の囲いを出ていった。

秀吉と時間遡行軍がふたりきり、これはまずい、と日本号は長谷部と顔を見合わせた。

時間遡行軍は歴史を変えるために、何をしでかすかわからない。

人払いが済んでいるか、辺りを確かめてから、秀吉が伝令に詰め寄った。

書状の文面を広げて、伝令に見せる。

「ここに、安土で待つとある……。お館様じゃな……？　お館様が生きておるのか？　そうなのか!?」

それを知ったら、歴史が変わってしまう、と、長谷部が陣幕の内へと飛びこみ、日本号も続く。

「お待ちください！」

「そいつを信じちゃダメだぜ」

伝令がびくっとした。秀吉が身がまえる。

「おぬしら、何者じゃ」

長谷部を制し、日本号は適当な作り話をした。

「ご無礼を。そいつは、殿下のお命を狙う明智の残党にございます」

「何……っ!?」

その瞬間、日本号と長谷部に向かって、伝令が太刀を抜き打ちにする。

二振りは鮮やかに鋒をかわした。

すかさず日本号は伝令の胸ぐらをつかんでささやく。

「安土で秀吉様と信長様を会わせようってか？　そいつは困るねぇ」

突き飛ばすと、大きく一歩下がった異形の伝令を、長谷部が問答無用で一刀両断にした。

たちまち砕け散って風塵となる。

秀吉が唖然となった。

「き、消えた……消えたぞ……消えおった！　どういうことだ!?」

いきなり秀吉の前で斬るとか、長谷部の機転の利かなさに日本号は焦った。

「いやいやいや、目の錯覚にございます。こいつが、陣幕の外へ目にも止まらぬ速さで、こう……な？」

突き飛ばす仕草をして、日本号は、「ん？」と、話を合わせるよう長谷部を目で促す。秀吉も「ん？」と長谷部を見た。

「ん？　ん？」

「ん？　ん？」

迫られて長谷部がとまどい、あ、と気づいて、あわててぶんぶんと首を縦に振る。

「ほおーっ」と、秀吉が感心した。

「ふむ、そなたらの話を聞こうではないか」

床几に腰かける秀吉の前に二振りは片膝をついた。

日本号は作り話……自分たちは傭兵として戦働きをする流れ者で、仕事の口を探して戦場周辺をうろうろしていたら、明智の残党の企みを見聞きしてしまい、こっそり後をつけてきた……を熱心に語った。

秀吉はその話を信じたようだ。

「なるほど。お館様を騙り、わしを安土におびき寄せる魂胆だったというわけか」

日本号は一礼し、長谷部が答える。

「御意」

ウソなので棒読みだ。

「お館様はやはり亡くなったと」

「御意」

「まぁ、そうじゃろうな……」

日本号はほっとした。

秀吉は日本号と長谷部を交互にながめつつ、考えながらしゃべる。

「が、しかし、やはり安土へは行かねばなるまい」

えっ、と声が出そうになって、日本号は口をつぐんだ。長谷部も同じらしい。

安土城は信長の居城だ。生きている限り、信長は安土城へ向かう。秀吉と会ってしまったら、歴史が変わる。

秀吉が続けた。

「物見(ものみ)の報告によれば、安土の城を乗っ取っておった明智左馬助(さまのすけ)が、城を出たということじゃったが、今の話によると、それは見せかけだったというわけじゃ」

しまった、そうなるのか、と日本号は内心ひやりとする。

落ち着かなく歩き回りながら、秀吉が語る。

「安土の城は、お館様そのもののような城じゃ。いつまでも土足で踏み荒らさせてはおけんでな」

長谷部があわてた。

「いや、しかし――」

「ウソにはウソじゃ。誘いだされたと見せかける」

秀吉は足を止めて、試すように二振りの顔をのぞきこんできた。

「他の者にも、戦に向かうとは言わぬ。目立たず、手練れの者を選りすぐって行こう。そうじゃ、お前たちも来い」

「は⁇」

「先ほどの腕、ただ者ではない。わしを助けた功により、取り立ててつかわす」

秀吉は破顔し、人なつっこい笑顔を二振りに突き出した。

「来い」

日本号は困惑した。秀吉の配下になっては本来の任務に戻れない。

「い、いや、俺たちはただの流れ者で――」

ひざまずく二振りの前でかがみ、目の高さを合わせると、秀吉は満面の笑みで言った。

「わしは元々はただの百姓じゃ、気にするな。おぬしら、名はなんと申す」

見つめられた長谷部が困って言葉に詰まる。

「う……その……」

今度は日本号が見つめられた。

「名前なんてたいそうなもんは……」

どぎまぎする二振りに、秀吉が愉快そうに笑う。

「かっかっか、まぁよい」

陣幕の外へ向かって大声で命じる。

「みなの者、入れ！」

軍議が始まった。脚に載せた楯板(たていた)を机代わりにして地図を広げ、床几に腰かけた秀吉と数名の家臣がそれを囲む。

逃げるわけにもいかなくなった長谷部は日本号とともに、やむを得ず陣幕の内側の外れで控えていた。

秀吉が指図する。

「出陣じゃ。坂本城(さかもとじょう)は堀秀政(ほりひでまさ)が当たれ」

「はっ」

秀吉はてきぱきと命じてゆく。

「わしは安土へ入る。空き家にはしておけぬからな」

「殿、その後ろに控えている妙な者たちは」

長谷部と日本号をにらんで、家臣の一人が尋ねた。秀吉が澄まし顔で答える。

「新しく召し抱えた。こやつらを含め、安土へ連れていく兵じゃが――」

召し抱えられたつもりがない長谷部は、隣の日本号にぼやいた。

「なんなんだ、この状況は」

日本号は冷静だ。

「いや、ここは秀吉様についていくのも手だ。安土に信長様と時間遡行軍がいるのは間違いない」

部隊の他の男士たちも時間遡行軍と信長を追っているのだから、再会できる……という話の途中で、二人は羽音に気づいた。

上空を白い鳩(はと)が飛んでくる。

「お、あの鳩は」

「山姥切(やまんばぎり)からだ」

と長谷部は気づいた。連絡用として、今回は鳩を手なずけて使うようだ。

日本号の穂先にかぶせてある熊毛鞘(くまげざや)の先端に、鳩が舞い降りた。日本号がそっと捕まえて、脚についている小さな筒を外す。

中には巻いた紙片が入っていた。記された文字に目を通した日本号が大声を上げた。

「何ぃーっ」

何ごとだ、と長谷部が訊こうとしたとき、秀吉が立ち上がり、下知した。

「では、出立じゃ！」


秀吉は手輿に乗り、安土へ向かって進軍する。手勢はわずかに百人ほど。その中に長谷部と日本号もいた。

秀吉は大事そうに、金襴の刀袋に包まれた刀を抱きしめている。

日本号から渡された紙片を、長谷部は歩きながら読んだ。山姥切の字だ。

『昨夜小栗栖にて、信長が光秀を襲った。時間遡行軍が加わり、戦闘となった。三日月が信長を助け、姿を消した。薬研と骨喰とともに戦線を離脱し、近くの河原にて傷の手入れ中』

信じられず、長谷部は日本号に詰め寄った。

「三日月は何を考えているんだ！　なぜ信長を助ける。秀吉が信長に会ったら、歴史がひっくり返るぞ」

「わからん。わからんが……」

――『俺は今回で近侍を降りるつもりでいる』

聞いてしまった三日月の言葉を伝えて、日本号はため息をついた。

「三日月は何かを背負いこんでいるのかも、とは思う。主のこととか」

隠しごとのある三日月、それは近侍を三日月ばかりが務めていた理由につながる。

「だったらなぜ、俺たちに言わない。主のことなら特に、だ」

「そこだな。ま、今のはいい方の解釈だ。悪い方は……」

言葉を濁す日本号を、長谷部は促した。

「なんだ」

「……言いたくねえ」

いくら訊いても、日本号はもう三日月について何も言わなかった。

納得がいかない長谷部はいらだった。

昼過ぎになった。

洗った服を乾かしながら、河原で今後を話し合っていた山姥切、薬研、骨喰のところへ、飛ばした白い鳩が帰ってきた。

薬研が捕まえ、運んできた紙片を開く。

『現在秀吉軍に潜入中。信長様は安土城で秀吉様を待っている。このまま秀吉軍とともに安土城へ向かう』

「日本号からだ。秀吉が安土城に向かってる。信長さんがそこにいるらしい」

それを聞いて、山姥切は心を決めた。

隊長の三日月が信長を助けて、ともに行方不明……予想外の事態に思考停止している場合ではない。

この時点で、秀吉は二度と信長に会うことはない。それが歴史だ。会ってしまったら歴史がひっくり返る。それだけはダメだ。

その前に、目的を果たさなくては。

――『目的は一つ。織田信長公、暗殺』……実にシンプルだ。

山姥切は薬研と骨喰に告げた。

「俺たちだけでもやる。信長暗殺は主の命だからな」

薬研がずばり質す。

「……で、もし、三日月が邪魔したら？」

これで何度目の問いだろう。

問われるたび、三日月に気づかれずに信長を襲う方法を探るとか、いったん自分たちだけでも帰還して報告し、主の判断を仰ぐとか、いろいろ考えたけれど……。

今の薬研は覚悟を尋ねているのだと、山姥切はわかっていた。

いざとなったら、仲間である三日月を斬る覚悟はあるか。情よりも、義を——使命を優先できるか。

迷うな。やるしかない。

山姥切は、己自身である打刀(うちがたな)の黒い柄(つか)を、ぐっと左手で握りしめた。

ちらっとそれを見て薬研がうなずき、さらりと言った。

「行くか」

山姥切と薬研がやりとりしている間に、骨喰は身支度を済ませていたようだ。乾いた服と外していた小具足(こぐそく)などの防具を二振りにさし出す。

山姥切と薬研も支度を整えた。

●
◉
●

近江国(おうみのくに)。琵琶湖(びわこ)に張り出した山の頂(いただき)にある安土城。

昼前に、信長は三日月とともに馬で帰還した。具足を解いて腹を満たした後、さっそく三日月を天主へと連れてゆく。

天主は地下一階を含めた七階建てで、室内は柱も金具も金色に装飾され、壁やふすまの全面には凝った障壁画が描かれていた。

地上六階――最上階からは、琵琶湖と岸に広がる城下町や村落が広く望めた。

緑濃い山林があり、田畑には作物が育ち、夏空はよく晴れている。水面に空を青く映した琵琶湖には、大小の船が行き交う。

「どうじゃ、宗近。ここが安土の城じゃ。天下の見晴台よ。まさに絶景！」

三日月は謎めいた微笑を浮かべ、無言で信長の傍らに控えている。

家臣たちのように、窓に飛びついて、景色に驚く様子はない。これほど高い建物は他にないというのに。

「わしが自ら指揮をして造りあげた、戦のための城ではない、天下を治めるための城じゃ」

「なるほど」

まるで表情を変えない三日月に、信長は少しいらだって尋ねた。

「のぅ、宗近。お前たちの言う『正しい歴史』とはなんだ。そんなものがあるのか」

三日月は答えない。表情も一切変わらない。

「わしはこうして生きておる。今やこれが『正しい歴史』ではないか？」

にらむと、ようやく三日月が静かに口を開いた。

「……『正しい』とは常に、誰かにとって、というだけでしかありませぬ」

「ふん、ではこれは間違いなく、わしにとって『正しい歴史』じゃ」

すると三日月は視線を床に落とした。

認めたな、と思った信長は満足して言った。

「後は、猿の到着を待つのみ」

秀吉ならば、手足となって働いてくれる。信長の天下取りのために。

戦を終わらせて備中国(びっちゅうのくに)からあれほど早く戻ってくるなど、他の誰にできよう。

秀吉が信長を慕い、敬い、忠実である証(あかし)だ。


その安土城を、無銘は近くの山中からながめていた。時間遡行軍と大太刀(おおたち)が一緒だ。

信長が天主にいることを確認し、大太刀が告げた。

「ことは成った……。無銘、貴様はこのまま信長を守れ。我は、今こそ、為(な)すべきことを」

無銘がうなずくと、大太刀が無銘たちに背を向けた。

黒い妖気が大太刀を覆ってゆくなか、声がこだまして、残される。

「歴史は……変わった——」

ふっ、と大太刀の巨体が、虚空へ消え去った。


本丸で留守居中の不動は、ぶらぶらと縁側を歩いていた。

結界に守られたここは平和で、敵が襲ってくることもないし、今は畑仕事や馬の世話などの内番もない。

甘酒に口をつけながら、縁側の角を曲がったとき。

ぎ、ぎぎ、ぴし……という軋んだ音が上から聞こえてきた。

ん？　と不動は軒先越しに天を仰いだ。

「なんだ？」

とたんに、ぐぎぎぎぎぎぎ、ぴしぴしっ、ぴしぴしっとイヤな音がして、上空を覆う透明な結界に、赤みがかったひびが入る。続けて、ひびの周囲が黒ずんだ。

結界が、壊れる！

こんな事態は今まで一度もなかった。

不動は一目散に、主のいる上段の間へと走る。

ふすまが閉じられた上段の間の前に、鶯丸が立っていた。

「鶯丸、結界の様子がっ……もしかしたら、歴史が変わったから!?」

鶯丸がふすまに立ちふさがった。冷静な態度で言う。

「大丈夫だ、心配いらない」

「でも、こんなことって……主に知らせないと」

ふすまの引金具（ひきかなぐ）に手をかける不動を、鶯丸が押しとどめる。

「だめだ」

「なんでだよ！」

「主は大丈夫だ、とにかく落ち着け」

そんなことを言ってる場合じゃない。

なだめる鶯丸を強引に押しのけ、不動は勢いよくふすまを開けた。

「主！」

「不動！」

鶯丸がとがめた、その瞬間、御簾（みす）の向こうから強烈な光が射し、不動は目がくらんだ。

「なっ……」

よろよろと廊下まで下がると、鶯丸がさっとふすまを閉める。

その背に不動は叫んだ。

「おいっ、何が起きてるんだよっ。……主はどうしたんだ!? 鶯丸！」

振り向いた鶯丸は、極めて深刻な顔をしていた。低く告げる。

「今、話す」


三日月と信長が天主に登るより、少し前のこと。

洞窟の中に湧いている温泉に、秀吉が一人で浸かっている。進軍の途中、休憩だ。どうしてもここに寄りたいと、秀吉が言いだしたのだ。

警護を命じられた日本号と長谷部は、洗い場の隅で岩壁の際に立っていた。敵意がないことを表すため、武器——自身の刀剣を手もとから離して、岩壁に立てかけてある。

他に家臣はいない。

洞窟の中は薄暗く、湿気が高く、熱気がこもっている。

秀吉に振り回された上に、先に進めず、蒸し暑い場所に置かれて、長谷部がいらいらしているようだ。

——三日月が信長とともに消えたのなら、現在信長のいる場所に、三日月もいる可能性が高いと考えられる。

なぜそんなことをしたのか、日本号とて理由を知りたい。こんなところで足踏みしていたくはない。

案の定。

がまんできなくなったのか、長谷部が小声で言う。

「もう安土城は目と鼻の先だぞ。悠長に秀吉に付き合ってる場合か」

「だから、時間稼ぎだよ。秀吉様と信長様を会わせるわけにいかねえだろ。山姥切たちも策を練ってるだろうが、こっちもできることを考えないとな」

「俺たちが先に乗りこんで、信長を斬るという手もあるぞ」

「三日月ごとか？」

長谷部は一瞬迷ったが、すぐに決断した。

「いざとなれば」

「いざとなればねぇ」

自分ならばどうする、その役目を引き受けられるのか、と日本号が考えかけたとき、秀吉がこちらを見た。

「何をこそこそ話しておる？」

「いえ、別に……」

日本号がごまかすと、秀吉はいきなり湯から立ち上がって、背を向けた。

「おい、お前たち。わしの尻にあざがあるのが見えるか?」

確かに、その尻には大きな赤いあざがあった。

「わしが猿と呼ばれる所以(ゆえん)よ」

「え……」

顔じゃなかったのか、と日本号が思ったことを、そのまま長谷部が口にする。

「てっきり顔のことかと」

「おいっ」

正直者すぎる長谷部の胸を軽くたたいて、日本号は彼を黙らせた。

湯に沈み、秀吉がいたずらっぽく笑った。

「へっへっへ。知っておるのは、お館様だけじゃ。ここで一緒に風呂に入ったときにのぅ」

なんの話をする気だ?

訝(いぶか)しんだ日本号に、秀吉は一変して、冷酷な視線を投げつける。顔は笑っているのに。

「つまり、あの密書はまさしくお館様からじゃ」

日本号ははっとした。

書状の表書きは『赤尻ノ猿殿』だった。

一般的なことを言ってからかっているのではなく、秀吉の尻が赤いと知っている、という意味だったのだ。

「お館様は、生きておるの？」

日本号は絶句した。長谷部もだ。

どうにかして、日本号は取り繕おうとした。

「いや……、あれは明智の残党の――」

「もう、とぼけるな。それを知っているお前たちの正体を知りたかったが、ここまで来たら、もうよいわ」

恐ろしいほど、秀吉の表情が厳しく変わった。

「わしはこのまま安土へ入る。そして織田信長を討つ！」

本気だ……！

日本号は息を呑んだ。

「楽しかったが、お前たちとは、ここまでじゃ」

突然、洞窟の入り口から一発の銃弾が放たれた。

日本号を突き飛ばしながら、長谷部が伏せる。長谷部の左肩口から血飛沫が散った。

「長谷部！」

手練れた忍びが数人、忍び刀を手に、二振りに襲いかかってくる。

日本号は手を伸ばして槍の柄をつかむと、長谷部にも彼の刀を投げ渡した。

抜刀したものの、長谷部は敵の刃を防ぐのがせいいっぱいで、膝をついたその場から動くことができない。

日本号が敵を穂先で突き、なぎ払うが、新しい忍びが後から後から洞窟に入ってくる。しかも壁に長い柄の石突きが当たるので、充分振り回せない。

せいぜい厨か納戸程度の狭い洗い場で、不利な日本号は奮闘した。

敵の攻撃をかろうじてしのぐ日本号と長谷部。長谷部が、ゆうゆうと湯に浸かっている秀吉に絶叫で問い質す。

「秀吉！　どうして信長を‼」

秀吉が無視する。

「秀吉‼」

答えを得られないまま、日本号と長谷部は忍び集団に追い立てられるようにして、洞窟の外へ逃れた。

騒ぎが遠くに去り、一人残った秀吉はつぶやいた。

「あのとき、見えてしまってなぁ」

本能寺の変の一報を知って、尻餅をついたとき、広い広い空が見えた。

「天下が」

あの空の下の全てが、手に入るときが来た。

早くしないと誰かに取られてしまうから、大急ぎで戦を終わらせ、備中国から帰ってきた。

疲れた兵は捨て置いて、己と配下の精鋭だけでも戻ってきたのだ。

信長が実際に生きていようが、死んでいようが、関係ない。

死んだことになっていてくれれば、それでいい。

しかも、手を汚した奴はすでに明らかだ。

秀吉は正義を果たせる。

がっはっはっはっと秀吉は哄笑した。


安土城の天主で、信長は三日月に、窓から外を見てみよ、と命じた。

正しい歴史とやらが、ここから始まる。この天下へ広まってゆくのだ、と。

三日月が窓辺に立ち、信長もその隣で外を見た。

城へ入ってくる大手道の先端で、きらり、と何かが光った。

戦のための城ではないので、まっすぐ、広い道が造ってある。幅四間(けん)……ふすまだと八枚分だ。天主のある山に登るため、石段が整備されている。

光ったのは、金色に輝く秀吉の千成瓢箪(せんなりびょうたん)の馬印(うまじるし)。桐の紋の旗指物(はたさしもの)を背負う、百人ほどの進軍が見えてきた。

「来たか」

信長は満足した。

「赤ケツ秀吉、やはり猿並みに素早いのう」

すると三日月がすっと窓辺を離れ、信長に向かって端座すると、かしこまって両手を床につく。

「私の役目はここまでにございますれば、これにて」

暇乞(いとまご)いをする三日月に、その前に、と信長は訊いた。

「宗近、答えよ。これはお前にとって『正しい歴史』か？」

三日月が顔を上げた。

「答えよ」

答えず、ただ、信長を美しい藍色の瞳で見つめ返してくる。

信長がいらだちかけたとき、「おぉおぉおっ」と鬨の声が上がった。

「む？」

信長は窓から下をのぞいた。ずがんっ、と扉が破られるような音が響く。

「何？　猿の奴、何を……」

三日月は黙っている。

答えを求めて振り返った信長は、三日月の静かに悟ったような表情で、気づいた。

「まさか……」

信長は焦ってもう一度外を見た。

天主より一段低いところに建つ御殿や、天主の下階から火の手が次々と上がった。

安土城の本丸に建つ御殿前で、手輿に乗った秀吉はその上に立ち上がった。軍扇を広げて振り、兵たちを煽る。

「燃やせ！　明智の残党を焼きつくせ！　骨一つ残すな！」

兵たちは命に従い、よく確かめもせずに油壺を建物にぶちこんでは、火矢を射かける。

風に火は勢いを増し、どんどんと燃え広がる。炎の舌が柱をなめ、壁に沿って伸び上がり、軒から屋根へと這う。

秀吉ははしゃいだ。

「燃えろーっ、燃えろーっ、燃えろーっ」

火の手が広がる速さに、信長は顔を引きつらせた。怒りに震えながら、三日月をにらみつける。

「これが……」

三日月は全く表情を変えない。まっすぐ見つめ返すばかりだ。

「これが元々の歴史……か……!」

火薬庫に引火したのか、大音響が轟（とどろ）いた。

安土城を目指して、薬研は城下町をひた走った。山姥切、骨喰も一緒だ。

突然の爆発音に、三振りはそちらを振り仰ぐ。

板屋根に丸石を載せた平屋の建物が並ぶ町の向こう、緑の山頂にある安土城の方から、黒煙が太く立ちのぼっている。炎も見える。

山姥切が声を上げた。

「何っ、どういうことだ!?」

炎を目にした刹那、薬研はひどいめまいを覚えた。

どうしても何かを思い出さなくてはならない気がする。けれど思い出そうとすると、頭がぐらぐらする……。

そこへ日本号と長谷部が追いついてきたようだ。日本号の声がする。

「秀吉様だ。秀吉様が信長様を討つつもりだ」

薬研は必死に目をこらし、安土城に燃え上がる炎を見つめた。

「あれは……」

炎の色が、熱が、迫ってくる。体が熱くなる。

「う……あ……」

ひどく熱い。頭が痛い。

立ちくらみを起こし、頭を抱えて薬研はうずくまった。目の前が真っ赤に染まる。


天主最上階。信長は三日月をにらみつけた。

「わしが本能寺で死んだ、というのは……」

長いまつげを伏せ、三日月が厳(おごそ)かに告げる。

「誰にとっても『正しい歴史』……」

そこで言葉を切り、まっすぐ信長を見据え、さらに語る。

「しかし、それが真実とは限りませぬ。長い歴史の中には、墨で塗りつぶされたような、葬られた歴史とでも言うべきものが、ありまする」


城下町。人々が家の外に出て、お城が火事だと騒ぎ始めている。

「大丈夫か」と、山姥切が薬研の肩を支えてくれた。

遠くで燃える安土城に、吸い寄せられるようにして一歩、二歩と足を出しつつ、薬研は顔を向けた。どうしても目が離せないのだ。

赤く染まり、ゆがむ視界。

炎だ。

炎の記憶……かつて見た、炎……あれは……。

「俺は、大事なことを忘れている……」

炎の記憶を、薬研は懸命にたどった。

天主最上階。三日月の静かな語りが続く。

「信長公は確かにご自害なされた」

信長は言葉を失った。

静かなままだが、三日月の声にすごみが加わる。

「しかし、それは、本能寺にあらず」

「どこじゃ……」

城下町。薬研の記憶が次第に形を取り始める。

――炎に囲まれた一室で、跪座(きざ)した信長は薬研藤四郎(とうしろう)の鞘から刃を抜きはなった。

その一室は……物置部屋である納戸(なんど)のような、何も飾り気のない壁ではなかった。

金色の柱、金色の飾り金具、壁一面には絵……すやり霞(がすみ)を金泥で描いた障壁画が、炎にあぶられてきらめく。

「俺が燃えたのは……本能寺じゃ……ない……」

唇を震わせ、薬研は叫んだ。

「……安土城！」

山姥切が絶句する。他の刀剣男士たちもだ。

記憶がほとばしるままに、薬研は語った。

「俺が本能寺にいた、あの夜――」

自害しようと、納戸にこもって薬研藤四郎を手に取った信長の許へ、傷だらけの蘭丸がふすまを開けて転がりこんできた。手に不動行光を握っていた。

当面の敵は倒されていた。蘭丸は納戸の畳を一枚外し、床板にあった抜け道のふたを開け、逃げるように懇願した。

忠臣蘭丸の懸命さに、信長は生きる決意をし、懐に薬研藤四郎を入れる。

「森蘭丸が開いた血路によって、織田信長は、用意された抜け穴を使って本能寺を脱出」

抜き身の不動行光をかまえ、身を賭して蘭丸は新手に立ち向かう。

一方信長は、抜け穴の出口で、もしや、と祈って待っていた家臣と合流できた。

「蘭丸はその退路を守って命を落としたが、信長は、わずかながらも手勢とともに安土城へ入ることに成功した」

「――そして、信長公は密かに、秀吉公に使者を送りました」

三日月が、薬研の記憶と同じ、塗りつぶされた歴史を信長に語って聞かせる。

「しかし、すでに天下取りへと歩みだしていた秀吉公は、これを無視。

明智の残党狩りの名目で安土の城へ攻め入り、それを受けた信長公は……ここで、この場所でご自害なされたのです」

信長は驚愕する外できなかった。

湧いてきた秀吉への怒りと落胆とで、血が遡る。


「これが……正しい歴史だ」

と、一気に語り終えると、薬研の視界が急速にくっきりと晴れていった。熱や火照りも感じなくなり、めまいは消え、音も戻ってくる。

「つまり……歴史は一つも変わっていない……」

と、山姥切が茫然としてつぶやく。

薬研は振り返った。

日本号が、左肩から出血している長谷部を支え、骨喰も寄りそっている。その三振りもあっけに取られて、言葉が出てこない様子だ。


天主では、信長がやっとのことで言葉を見つけ出したところだ。三日月を問い詰める。

「それを……なぜ、お前だけが知っている」

「あなた様がかねてよりご所望のもの、山崎の戦いの労をねぎらい、将軍家より秀吉公へお下げ渡しが」

所望のもの……信長は数拍考え、あっと叫んだ。

「……三日月、宗近！」

道理で、美しすぎると思った。

初めて遭ったときの、肌がぞくりと粟立つ感じ……あれは、古き名刀の刃を目にしたときの感覚に、よく似ていたと気づく。


燃えさかる御殿を、秀吉は手輿から満足してながめた。

天主の建物からも盛大に炎と煙が立ちのぼっている。最上階からはもう、降りることはできまい。

秀吉は大事に抱えていた金襴の刀袋を開けた。

拵の美しい太刀を一振り、取りだす。

抜き放つと、その刃は二尺六寸四分、腰反りは高く踏ん張りが強い古典的で雅な姿だ。鋒は小さく、小乱れの刃文には、群雲に浮かぶ三日月のような打ち除けがいくつも連なっていた。

この古の太刀こそ、足利将軍家の宝剣中の宝剣、三日月宗近。

見せびらかすように、秀吉はその刃を陽光にきらめかせる。

「お館様！　お館様が手に入れられなかったもの、全てこの赤ケツの猿がいただきまする！」

察した信長は、烈(はげ)しい怒りに震えた。帯刀の柄(つか)に手をかけ、鯉口(こいぐち)を切る。

「信長公」

三日月が手を床につき、頭を下げた。

「ここで、最期にございまする」

「おのれ……おのれ、宗近！」

刃を三日月の首筋に突きつける。

三日月はぴくりともしない。殺気もなく、とても静かな気配のままだ。


薬研たち五振りの刀剣男士は、再び安土城を目指して走った。

大手門をくぐり、石段の続く上り坂の大手道を駆けぬける。炎に包まれてゆく建物が、山の木立の梢の向こうに、はっきりと見えた。

薬研たちは、三日月が裏切ったのではなかったことに、心底ほっとしていた。

同時に三日月がどれだけの覚悟で重荷を抱えこみ、周りを思って行動したかを考えて、彼の優しさと強靭(きょうじん)な心に打たれたのだった。

考えこんでいた日本号が、ぽつりとつぶやいた。

「……三日月が背負っていたのは、それか……。そんな裏の歴史、表に出てもとんでもねえし、時間遡行軍に変えられたら、もっととんでもないことだろうからなあ」

長谷部がつらそうに応え、ぐっと拳を握る。

「言わなかったんじゃない。言えなかったんだ。知ってる奴が多いほど危険だから……」

フードで半分隠しつつ、山姥切が悲しげな顔でうなずいた。

重荷を分けてくれたら。そう思う一方で、もしも自分がその立場なら、やはり誰にも言わないかもしれない。それが誰かを、何かを守るためなら——そう考える薬研だ。

長谷部も、山姥切も、日本号も同じだろう。骨喰もおそらく……。


五振りは虎口(こぐち)の門の前まで来た。

秀吉軍の兵が十数人で門を守っていた。辺りは背よりも高い石垣と、その上の塀に囲まれている。

どうやって突破するか……石垣を登り、塀を越えようか、と薬研が考えを巡らせたときだった。

突然空が暗くなると稲光が走った。山姥切が叫んだ。

「奴ら、来やがったっ」

一斉に石垣の際まで飛びすさる。

抜き身の刀剣が鋒を下にばらばらと落ちてきて、ぐさりと、刀剣男士たちがいた広場の地面に突き刺さった。

その数、数十振り。

黒い妖気が噴きだし、刀身から次々と時間遡行軍が顕現する。打刀に太刀、さらに立烏帽子に水干姿の薙刀が加わった。

敵の薙刀は、恨みを呑んで息絶えた公卿が、怨霊となったような姿をしている。

異形のものの出現に、門番衆はみな腰を抜かし、悲鳴を上げた。戦おうという気概のある者は、時間遡行軍の刃にかかり、可惜命を散らす。

警戒のためか一部をその場に残すと、ほとんどの時間遡行軍は易々と門を突破し、建物のある方へ消える。

あっという間だった。

「あいつら、どうしても信長さんを生かすつもりかっ」

薬研が言うと、長谷部も同時に叫んでいた。

「ここから先は、本当に歴史がひっくり返るぞ！」

「参る！」

山姥切の声を合図に、時間遡行軍を止めるため、五振りは抜刀して敵中に突っこんでいった。まず、手当たり次第に斬り伏せて、道を拓(ひら)く。


この事態を秀吉に知らせようと、果敢に駆けた一人の門番兵がいた。

しかし走る道の先に、空から黒い妖気を帯びた刀が数振り降ってきて、石畳の隙間に突き刺さる。たちまち、そこから異形のものが現れた。

「ひっ」

たたらを踏んで止まった兵は、手にしていた素槍(すやり)をめちゃくちゃに振り回した。

無言で間合いを詰めた敵の刃が、すぱっとその柄(え)を切断する。払われて飛んだ槍先が脇の石垣に当たり、きん、と音を響かせた。

声にならない悲鳴を上げながら、兵は腰の打刀を抜こうとした。が、手が震え、切羽(せっぱ)が詰まってしまってどうにもならない。

「お、た、助け――」

息を止め、ぎゅっと目をつぶった兵は、風を感じた。痛みではなく。

おそるおそる薄目を開けると、紫色をした南蛮風の衣の裾をはためかせ、左手に黒と金の鞘、右手に豪壮な刃文の刀を持った若者が、かばうようにして立ちはだかっていた。

若者の前に湧いた羽虫のような黒い塵が、宙に溶けるようにして消えてゆく。

「下がっていろ」

低い声で言われるままに、兵は石垣の曲がり角まで逃れ、身を隠した。

異形の者たちの間合いの内へと、若者は正面からためらうことなく突入してゆく。

若者の剣捌きは、兵がこれまでに見てきたどの武将よりもすばやく、力強く、勇ましかった。複数で同時に群がってくる異形のものたちに、次から次へと斬りつける。その刃にかかったとたん、異形のものたちは黒い欠片に変わり、塵と消えた。

あまりに見事な戦いぶりに、いつしか兵は、恐ろしいのも忘れて見入ってしまったのだった。

本丸への道にも、その先の広場や庭にも、時間遡行軍が尽きることなく現れる。長谷部は伝令に走ろうとした門番らしい一人の兵を守って、少なからぬ数の時間遡行軍を片っ端から斬った。

いくら斬っても、五月雨式にまた新しい時間遡行軍がやってくる。

ここは任せた、先に行くぞ、と目で合図して、山姥切、薬研、骨喰が本丸目指して駆けてゆく。日本号は長谷部の背後、門からまだそれほど離れない辺りで奮闘していた。

敵を一体押し返して、強引に相手の首を狙う。首が落ちた瞬間、敵の薙刀が、残った胴体ごと長谷部を真っ二つにしようと、大きく刃を振るってきた。

危うく棟区（むねまち）の際（きわ）でその刃を止め、鍔（つば）もつかって撥（は）ね返すと、鎬（しのぎ）を削り合う。

撃たれた左肩の痛みが消えたわけではないが、こんなものはかすり傷だ。戦うには差し支えない。

いったん下がった薙刀が、間合いの長さを活（い）かして、刃を振り回してくる。それを跳ねてかわし、柄（え）を棟（むね）で打ち払って、地を蹴り、瞬時に敵の懐に入る。

「だから？」

長い間合いは、その奥に入ってしまえばこっちのもの。ずぶり、と刃が敵の腹に刺さる手応えがあった。

倒れこみ、抱き止めるような格好になった敵が、一拍置いて砕け散る。

これでとりあえず、敵は見当たらなくなった。

日本号が長谷部を追い越して、安土城本丸へと走ってゆく。戦いはまだ序の口、本丸にある御殿に集まる敵の数は、この辺りの比ではないだろう。

全て、斬る。敵が何であれ、斬るだけだ。

応えて果たすに、充分すぎる使命の重みと、主からの信頼。
その二つを胸に、長谷部も突っ走った。

# 第伍章 ◎ 安土城

火炎が上がる安土城天主の最上階。

平伏する三日月の首筋には、信長の刀の鋒がぴたりと当てられたままだ。三日月が知る歴史は、全て語り終えた。

下から新たな騒ぎが聞こえてきた。重なり合う剣戟の音、悲鳴、怒号。

刃を突きつけたまま、信長が窓の方を振り向いた。

「……あれは、無銘の軍。また、わしを守る側に回ったか」

時間遡行軍に気づかれた、と三日月は知った。信長に宣言する。

「では、止めて参りましょう」

「あれを？　ひとりでか？」

「多少、骨は折れましょうな」

平然と言う三日月に、信長が気圧される。

身じろぎできない信長を置いて、三日月は立ち上がると、音も立てずに階段を下りた。

安土城本丸にある御殿はもう、消火しようにも手がつけられないほどに炎上した。

なので秀吉軍の兵たちは、残る天主をもっと燃やそうと、建物直下の広場にほとんどが集まってきていた。

しかし、そこへ落武者の亡霊か公卿の怨霊か、黒い妖気をまとった幽鬼のような異形のものたちが突然現れ、刀剣を手に襲いかかってきたのだ。

何が起きたのかわけがわからないまま、兵たちは防戦に努めた。けれど、数でも剣の腕でも圧倒されてしまう。

「うわあぁぁぁっ」

武器を全て失い、天主の土台の石垣に追いつめられて、武将の一人が悲鳴を上げた。

斬られる、と思ったとたん、目の前の亡霊は砕け、黒い風塵となってすうっと消えた。

流れ去る塵ごしに白刃の鋒がきらめく。

「ひいぃぃっ」

白刃を手に叫んだのは、全身に白い布をまとった若者だった。

「味方だ。逃げろ！」

白い布の下に南蛮風の変わった装束を着て、南蛮人のような金髪碧眼が、かぶった布からちらりとのぞく。

助かったと、武将は搦手道への虎口を目指して、脱兎のごとく逃げだした。

武将を一人逃がすと、山姥切（やまんばぎり）は振り返った。七、八体の時間遡行軍が、自分に群がってきている。

敵の両目が赤く光った。

「その目、気に入らないな」

山姥切は右手だけで持った打刀（うちがたな）を正眼（せいがん）にかまえ、気合いもろとも突進する。一瞬にして、敵の手筋を見切る。

一手目を回避すると、姿勢を低くして、正面の一体の腹を刺し貫く。

砕け散ると同時に、細片に隠れるようにして隣の打刀の胴をなぎ払い、振り向きざまに反対隣の太刀を袈裟懸（けさが）けに斬る。

布を翻し、スピンしながら大きく刀を水平に振るって、左右から飛びかかってきた二体も斬り裂いた。

後ろから振り下ろされた薙刀（なぎなた）の刃は、肩ごしに受け止める。

それを払うが早いか、広がる布を目眩（めくら）ましにして大きく踏みこんだ山姥切は、敵の喉に鋒をねじこんだ。

御殿の庭に着いた長谷部（はせべ）もまた、逃げまどう秀吉の兵をかばって数体を斬り倒し、消滅させた。

さらに追ってくる時間遡行軍に対して、仁王立ちになる。目前の敵は、ざっと十体以上いるだろう。

「恨みはないが、主命だ。死ね」

宣告するが早いか、飛びかかってくる敵の刃を左手の鞘（さや）で払いのけ、同時に右手の刀身で敵の胸を一撃した。

砕け、飛び散る黒い欠片（かけら）に紛れて刃をくりだそうとする敵の太刀を、横に飛んでかわすと、怒鳴る。

「隠れようが無駄だ！」

刃を押しこむようにして脇腹をざっくりと開き、振り向きざま、もう一体の首を刎（は）ねた。

薬研（やげん）は天主の土台ぎりぎりに時間遡行軍を誘いこんでいた。

突っこんでくるのをかわし、石垣を蹴って高く跳ねると、敵の首筋をかき斬ってから、背中に白刃を突き立てる。

「ええいっ！」

蹴飛ばすことで刃を抜くと、敵は砕ける。

　地面に着地すると同時に、次の敵の足を蹴り払った。のけぞったところで喉を裂き、返す刀でみぞおちに斬りつける。

　薬研の得物は短刀。刀身が短いので、確実に致命傷を与えるには、瞬時に少なくとも二回攻撃することになる。

　それでも斃れず、死に物狂いで振り下ろされる敵の刃を蹴り飛ばすと、敵の左胸を深く突いた。


「柄まで通ったぞ！」

「天下三槍を恐れない奴だけ、かかってきな？」


　たいしたかまえもとらない日本号の挑発に、取り囲んだ時間遡行軍が我先にと斬りこんでくる。

　日本号は槍を大きく振り回し、時間遡行軍の得物を撥ねやり、なぎ倒しては、連続で胸や腹を刺し貫いた。

　後ろから来る敵は石突きで突いて仰向けに転ばし、身を返して、穂先で首筋をすっぱりと斬る。複数の刃が同時に来ても、まとめて柄で受け止め、押し戻す。

薙刀相手でも、間合いに不利はない。柄での打ち合いを制して、力押しで撥ね除け、急所を違わずに突く。

横から来た敵をかわすと、すかさず

「はははは！」

と、愉快そうに足首をすくってひっくり返し、左脇腹から穂先を入れ、斜め上へと突き刺してえぐる。

さらには、二体まとめてぶっすりと串刺しにする技をお見舞いする。

次々と黒い風塵が巻きあがる。

骨喰も、懸命に自身の長脇差を振るっていた。

まだ扱いに慣れていない肉体が、思うように動いてくれない。それでも動き回るうちに、どんどんと戦い方が身についてゆくのが感じられた。

自分も、この肉体で戦える、と感じるほどに、勇気と闘志が湧いてくる。

すると、それにつれて力がみなぎり、いっそう滑らかに全身が動いてくれる。考えずとも、次の攻撃が思考に閃いてくれる。

自信を得て鋭くかまえ、地面を蹴り、敵中に突進する。

「出る」

敵を倒すには、とにかく斬り裂けばいい。

背を大きく斬られた時間遡行軍が、赤く目を燃やして、体を返してくる。振り下ろされる刃をかいくぐり、骨喰は敵の懐に飛びこんだ。

動きを止めるか、とどめを刺すには鋒を突き立てればいい。

左胸を下から突き上げ、鋒が入った。そこからおよそ三寸、物打ちまで押しこむと、敵が砕ける。

戦いの手応えに、さらなる力が湧き立つ。

強くなれる。もっと戦いたくなる。

自分も刀剣男士なのだ、と実感した。戦うための物、武器として、強くあるために生まれた、と。

――『心持ち一つで、魔物にもなる』

歴史を守る……それがどういうことなのか、「仲間」の背を追えば、戦いを見つめていればわかるのだろうか。

当座、敵がいなくなったところで骨喰は周囲を見た。

斜め前で山姥切が戦い、その先では長谷部と日本号が次第に近づき、背中合わせになろうとしていた。

天主下層を包む炎の先端は、一階をなめつくし、二階を燃やし始めている。

みな、戦っている。迷いのない剣筋に、固い信念を感じる。その陰にどのような思いがあろうとも。

これが、歴史を守る戦い。

三日月も……、と骨喰は「仲間」を思った。

過去の記憶はないが、信じてもよい、とは直感した。

――『頼みたいことがあってな』

骨喰はぎゅっと口元を引き結ぶと、長谷部たち二振りに向かって走った。

敵と刃を重ねて押し合っていた山姥切は、骨喰が突然そばを駆け抜けたのを感じた。なので、力ずくで払い除けて敵を斬り、振り返る。

骨喰は長谷部と日本号にぶつかるようにして狭い間をすり抜け、天主目指して全力で走ってゆく。

ぶつかられたのか、日本号が「おい？」と声を上げた。

「待て！　独りじゃ無理だ！」

山姥切は呼び止めた。だが、深手を負わせたはずの敵が再び斬りかかってきたため、そのまま斬り結ぶ。

代わりに、背後から薬研が走り出たが、時間遡行軍二体が立ちはだかった。

「邪魔だっ」

敵を蹴散らし、すばやく急所に刃を突き立て、えぐった薬研だったが、それ以上骨喰を追うことはできなかった。

黒い粒子と変わって霧散する残骸の向こうに、隙なく白刃をかまえ、赤く光る目でこちらをにらんでいたのは、無銘だった。


天主の三階。

下りてきた三日月は、上ってきた時間遡行軍と鉢合わせした。

「全く、お前たちは何度言っても土足を改めないな」

とがめる三日月にかまわず、板の間に広がった時間遡行軍が七、八体、一斉に突っこんできた。

「ふっ」

気合いもろとも、太刀を抜き打つと、時間遡行軍二体が弾けるように砕けた。たちまち粒子に変わって溶け、消える。

続けて一閃すれば、また一体が消えた。

目にも止まらぬ早業に、残る時間遡行軍がいったん下がり、改めて間合いを計る。

そこへ、骨喰が階段を駆け上がって飛びこんでくる。

三日月は骨喰に視線をやった。

「骨喰、来てくれたか」

うなずいた骨喰が、脇から襲ってきた時間遡行軍を斬り裂いた。その間に三日月が残りの数体を片づける。

二振りとも刃を鞘に納めると、骨喰が上着の内ポケットから茶色い布袋を取りだした。

「三日月、これ……」

受け取り、三日月は懐へしまう。

「……面倒なことを頼んで、すまんな」

漂う煙が濃くなってきた。連子窓から炎の先端がちろちろと見えだした。

「さあ、ここはもうよい。早く――」

振り向いた三日月は、息を呑んだ。

骨喰を羽交い締めし、喉に太刀の刃を当てる信長の姿があった。鬼気迫る表情だ。

「宗近(むねちか)、わしをここから連れ出せ」

逃れようと骨喰がもがくが、信長の力が強く、どうにもならない。

三日月は厳しい声を発して拒絶した。

「できませぬ」

「宗近ぁっ」

「できませぬ！」

火花が散りそうなほど、視線が激しくぶつかった。

しばしにらみ合い、信長はやけになったように骨喰を突き飛ばした。

連子窓の腰板(こしいた)に背を強(したた)かぶつけた骨喰が、痛みで一声小さくうめき、その場に座りこんでしまう。

信長は太刀の鋒を三日月へと向けた。

三日月は納刀したまま、対峙(たいじ)する。

「なぜじゃ。わしは歴史を変えることが悪いとは思わぬ。むしろ変えて見せよう。それが、これより『正しい歴史』となる」

語気を荒らげる信長に、三日月は静かに応えた。

「……そういうものなのでございましょうな、歴史とは。しかし……それによって消滅する、数多（あまた）の名もなき人がございまする」

「仕方がない。戦（いくさ）の兵と同じじゃ、大勢（たいせい）に影響はなかろ――」

「左様、とても儚（はかな）い」

三日月は信長の言葉に声をかぶせた。

折れてしまった野の花を思う。

「長い年月を経ると、そういうものが無性に愛（いと）しくなりまする。昔は自分が大事にされるばかりでございましたが、今では守りたいものが増えるばかり」

骨喰に笑みを送る。強い光を宿した瞳で、骨喰が三日月を見つめ返した。

信長ははっとして、鋒を骨喰へと向け直す。

「信長公、歴史とは人。私はその人を守りたい」

ふん、と信長は鼻で笑った。

「わしも人ぞ！」

「はい、ですから守りまする。ここで散ったあなた様を」

その生も、死も。歴史の一ページを色濃く飾った生涯も、そして大きな存在として後世に語り継がれたことも。

「裏切った秀吉公を、天運をかすめ取ったと笑い飛ばされましたぞ」

ぐぅ……と、信長が奥歯をかむ。

「あっぱれ、魔王の死に様にございましたぞ」

信長が迷い、葛藤し、逡巡(しゅんじゅん)している。

「それに比べると、今のあなた様は、少々格好が悪うございますな」

はっはっはっはっと三日月は声を上げて笑い、背を向けた。


立ち去ろうとする三日月の後ろ姿を、信長はにらみつけた。

あがいても、みっともないだけだと、頭のどこかではわかっている。このままあがいて、生き汚くすれば、歴史書にはなんと書き残されるのだろうか。

もう、自分は過去の存在。

世の者どもは秀吉に従うだろう。

歴史の主役から、信長は滑り落ちたのだ。

三日月が伴ってきたらしい少年に向けていた鋒を、信長は下ろした。

「もうよい」

少年はじっと信長を見つめ、わずかに表情を曇らせて労(いたわ)しげになると、三日月を追って駆け出した。

「ふ……やられたわ……」

ふっはっははははは、と信長は高笑いした。

天主の前では、時間遡行軍が、逃げ遅れた秀吉軍の兵たちを囲んでいた。秀吉本人はとっくに脱出したようだ。見当たらない。

戦う力の尽きた秀吉軍の兵たちをかばい、山姥切、長谷部、日本号が時間遡行軍を斬って、斬って、斬って、斬りまくって防ぐ。

薬研は無銘と戦いつづけていた。

「まだまだぁっ」

腕にも胸元にも脚にも顔にも、細かい傷をつけられながらも、薬研が雄叫(おたけ)びを上げて、無銘に飛びかかってゆく。

刃と刃がぶつかり、互いの身を撥ねやっては、また飛びついてぶつかる。力が拮抗(きっこう)し、決着がつかない。

稲光のたびに現れる時間遡行軍は、無限に増援されてくるようだ。この攻防はいつまで続くのか。

山姥切と隣り合い、かまえを崩さないまま肩で息をつきながら、

「やるねぇ……」

と傷だらけの日本号がぼやいた。

「きりがないぞ」

すると、圧(お)されて石垣に追いつめられつつ、薬研が三振りに気合いを入れてきた。

「保(も)ちこたえろ。俺たちだけでもやるぞ」

その隙に無銘が、しつこく薬研へ斬りかかってゆく。

薬研が石垣を蹴って宙で回転し、無銘の背後を取る。

しかし無銘も身を翻して薬研の刃を受け止め、押し戻すと、また突きかかるのだった。

時間遡行軍の薙刀が、長谷部を執拗(しつよう)に狙う。

長谷部は石段の近くに押しこまれ、石垣を背にした。かわしきれず、薙刀の刃が長谷部の脇腹をかすめ、白いシャツが赤く染まる。

がくり、とくずおれて長谷部が膝をつく。他にもいくつか、長谷部は深手を負っていた。

有利と見て、敵の太刀や打刀も長谷部に群がる。

山姥切は叫んだ。

「長谷部！」

「……っ……ははっ」

と苦笑いし、とどめを刺そうと斬りこんでくる敵の太刀を、長谷部は膝をついたままで突き貫いた。しかし、立ち上がろうとしてふらつき、また膝を折る。

山姥切は長谷部を助けようと、背後から敵を斬り払って道を空け、長谷部の間合いの内まで駆け寄った。

だが、自分もずたぼろで、いつの間にか無数に浅手を負っていた。

敵の突きを避けて、いったん石段にへたりこんだら、力が抜け、とたんに痛みで思うように動けない。

やはり、苦笑するしかなかった。自分は血で汚れているくらいで、ちょうどいい。

「ふ……」

それでも力を振り絞り、一体、また一体と、襲ってくる敵の胴に鋒を突き刺しては押しこんでえぐり、破壊し続ける。

日本号も薬研もひどく傷ついている。

しかし、ここにいる敵を倒せば……山姥切が思ったそのとき、大音響とともに落雷し、また大量に刀剣が地面に突き立った。

たちまち黒い妖気が渦巻き、増援の時間遡行軍が続々と顕現する。

息を切らせたまま、山姥切は絶句した。

日本号がうめくように言う。

「どれだけいるんだ……」

その日本号も、長谷部と山姥切の脇に入って助けようとしたものの、よろめいて石垣にもたれ、槍の柄を支えにしてやっと立っている。

新たな時間遡行軍が刀剣男士たちを見つけて、突進してきた。

その数、数十……いや、百体以上。

たちまちこちらの間合いに入る。

絶望している暇はない。

まだ、やれる、折れるには早い——気持ちを奮い立たせた山姥切は、足を引きずり、仲間の先頭に出る。

歴史は変えさせない。

それが主命であり、使命だ。

日本号、長谷部、無銘を傷の痛みで地にうずくまらせてから戻ってきた薬研も、ふらつきながら立った。一歩間合いを詰め、全員が自身の刀剣を腰だめにかまえたとき。

ひらっ、と誰かが軽やかに目の前へ降り立つ。

と同時に、電光石火きらりと鮮やかに太刀が走り、残映が三日月の形に光る。刹那で敵数体が砕けて消えた。

「三日月！」

長谷部がほっとしたように呼んだ。

「みな、すまなかったな。後はこのじじいが責任を取る。本丸へ戻れ」

「はぁ⁉」

「何を言っている‼」

日本号と山姥切は同時に声を荒らげた。

三日月は懐から茶色い布袋を出した。黒い手袋をはめた右手で、中から小さな水晶玉を五つ、つかみだす。

「えっ」

山姥切はあわてて、上着の内ポケットを探った。長谷部、薬研もそれぞれの服のポケットに手を入れ、探す。日本号も腰のポケットを触っている。

水晶玉がない……。

日本号が啞然(あぜん)となって訊(き)く。

「まさか、それは俺たちの」

「どうして……」

山姥切は質した。そこへ、背後から駆けてくる足音がした。薬研が振り返る。

「兄さん！」

振り向いた山姥切は、骨喰の思い詰めた顔に、全てを悟った。

河原で、骨喰は薬研と山姥切の上着を預かった。

先ほど、長谷部と日本号にぶつかった。

そのとき、水晶玉を奪ったのだ。骨喰自身は自ら進んで渡したらしい。

気づいた仲間たちに、優しい声で三日月が言った。

「骨喰を責めるな。わけも聞かず、頼まれてくれたのだ」

遡行軍がぎっしりと刀剣男士たちを取り囲む。殺気が辺りを覆いつくす。

三日月が真摯な表情に変わり、諭す。

「良いか、本丸と主をくれぐれも頼む」

三日月の藍色の袂がふわりと翻った。水晶玉が宙へと投げ上げられる。

「さらばだ」

「待て、三日月！」

三日月と、遅過ぎた長谷部の声が交錯する。

水晶玉は弾け、あふれだした薄紅色の桜の花片が五振りを包んで渦巻き始めた。

「三日月！」

「馬鹿野郎！」

山姥切の呼ぶ声に重ね、日本号も怒鳴る。

三日月が優しい目を山姥切たちに向けたその一瞬、無銘が三日月に斬りかかった。

かろうじて抜きはなった刃でそれを受け止めたものの、時間遡行軍の囲みが割れ、隙間から数発の銃弾が至近で放たれる。

無銘が伏せ、弾が三日月の左の闕腋（けってき）――袖の付け根で縫い止められていない部分に当たる。

下に着ている白い単（ひとえ）が朱（あけ）に染まった。

よろめいたところへ続けて右脇腹にも被弾し、血飛沫（ちしぶき）が飛び散る。

「三日月っ‼」

山姥切は絶叫した。

俺に、俺たちに、仲間を見捨てさせようっていうのかっ‼　と。

けれど……たぶん、自分も同じことをしたかもしれない。

それは、否定できない。

なのに、受け入れられない、現実になったら。

薄紅色に視界の全てが染まり、三日月が見えなくなる――。

一条の光とともに山姥切たちが消え、薄紅色をした桜の花片が四散してゆく。

三日月は微笑(ほほえ)んでそれを見送った。

力が抜け、ゆっくりとくずおれて……しかし、気合いを入れて踏みとどまり、己自身である太刀を高くかまえ直す。

「さて……じじいはここからがしぶといぞ」

三日月は不敵な笑みを浮かべた。

やはり己の傷に耐えてかまえ直す無銘と、百体は下らない時間遡行軍とをねめつけ、刃を向ける。鋒できらりと陽光が弾けた。

「三日月宗近、参る」

●
◉
●

茫然(ぼうぜん)とした山姥切の視界が再び開けると、そこは本丸、出陣の祠(ほこら)の斎庭(ゆにわ)だった。薄紅色をした渦がほどけ、無数の桜の花片が風に流れて消える。

三日月は……やはり、いない。

鮮血に染まっていた三日月を思って、山姥切は愕然（がくぜん）とした。

そこへ鶯丸（うぐいすまる）が駆けてきて、開口一番、告げる。

「みな、始まったぞ！」

「何がっ」

と、無念と怒りを露わにした長谷部が怒鳴った。

「ついに始まったんだ」

「だから何がだ！」

「審神者（さにわ）の代替わり」

「……代替わり？」

全員が啞然とする。

骨喰がやや首をかしげて、不思議そうに訊き返した。まだ本丸に詳しくないので、さほど驚いてはいない様子だ。それで残りの四振りも我を取り戻した。

日本号が怪訝（けげん）そうに質す。

「どういうことだ？」

あわてた様子もあまり見せず、鶯丸はとつとつと語った。

「長くつとめた審神者の力が衰えたとき、新たな審神者を招くことがある」

山姥切は言葉が出なかった。

長谷部、日本号、薬研もそうらしい。表情をこわばらせ、無言だ。

鶯丸が続ける。

「ただ、そのとき、本丸の力が弱まってしまう。だから主も三日月も伏せていたんだ。絶対に外には漏らせないからな」

納得するとともに衝撃を受けたのか、うめくように長谷部がつぶやいた。

「それで様子がおかしかったわけか」

三日月が隠していたのは、裏の歴史だけではなく、主のことも……。

全てを単独で守ろうとした三日月の優しさと責任感を思い、山姥切は胸が詰まった。

でも……と、鶯丸がまつげを伏せる。

「残念ながら、気づかれた」

突然稲妻が光り、大音響を伴って、敷地のどこかに落雷する。

みなが身がまえたところへ、血相を変えた不動が、転がるようにして走ってきた。

「鶯丸！　時間遡行軍だ！　結界を破られるっ」

「なっ……」

日本号が絶句する。山姥切たちも息を詰めた。

「やはり、来たか……」

と、鶯丸が天を仰いだ。

山姥切も上空を見る。

ぎぎぎぎぎぎ、びりびりびりと耳障りな音とともに、あちらからもそちらからも赤みを帯びたひびが走ってゆく。ひびの周囲が黒く染まる。

「奴らの狙いは最初から本丸だったんだ。ここ最近、頻繁に歴史介入をしていたのも、本丸を手薄にするためだろう」

さらに耳をつんざく衝撃音が轟き、出陣していた全員が、自身の刀剣をすばやくかまえて警戒した。

収まらない衝撃音、上空のひび割れが繋がり、さらに細かく割れ目が広がって、空が黒くかすんでゆく。

日本号が悔しそうに言う。

「じいさんの心配が当たっちまったってわけか」

鶯丸が、はっとして辺りを見回した。

「三日月はどうした?」

安土城から戻ってきた全員がうつむいて唇をかみ、柄を握ったまま拳を震わせた。

数拍置いて、日本号が口を開く。

「ああ……実は──」


燃え上がる安土城。その天主の前庭で、傷だらけの三日月は、よろめきつつ時間遡行軍の群れと戦っていた。

正しい歴史を守る、その使命のために。

信長が自害する覚悟を決め、命を絶つまで、絶対に時間遡行軍を天主に入れない。

衣はあちこち裂け、血まみれだ。

肉体だけでなく刀身も傷んでいる。研ぎ澄まされていた刃は、今やざらついている。

炎の熱にあぶられる。

黒煙も流れてきて息苦しい。

薙刀の刃が袴(はかま)をかすめ、顔に傷をつける。

太刀の鋒が衣の裾を引っかけ、むしりながら皮膚を裂く。

打刀の刃先が袖をからめ、引き破って、鋒が肉に食いこむ。

痛みと出血で足もとがおぼつかなくなりながらも、三日月は刃を振るい続ける。

しかしもう、足だけでなく、肉体全てが思うように動かない。

柄を握る手の力も弱まり、斬りつけた弾みに取り落としそうになる。

視界もぼやける。

ここが攻めどき、とばかりに無銘が襲いかかってくる。

三日月は残った力を振り絞った。

振り下ろされた刃を、三日月はかろうじて受け流したが、しのいだはずの鋒が胸元をえぐり、衣に新たな血のしみが広がる。

「さすがに……ここまでか……」

三日月の視界が暗く――体が地面に触れたと思う瞬間、誰かが三日月の肩を抱いて支えた。

「間に合ったか……」

長谷部の声だ。

薄目を開くと、薄紅色の花片が舞っている。刀剣男士の時空転移だ。

なぜ……。

三日月を支える長谷部は、問いかけるような三日月の視線と目が合うと、照れくさそうに顔を逸らす。

辺りを見渡せば、日本号、山姥切、薬研、骨喰が隙なくかまえて三日月を囲み、時間遡行軍から守っていた。

消えたはずなのに再び現れた刀剣男士に、時間遡行軍と無銘がいったん下がって、間合いを計り直している。

薬研が振り返り、ガラスの小びんに入った薄紅色の液体を投げ渡してきた。

「飲め」

受け取った小びんを陽に透かす。飲むタイプの傷薬だろう。

三日月は質した。

「お前たち……本丸はどうした……？」

日本号がさらりと言う。

「俺たちにとっちゃ、あんたも本丸だよ、じいさん」

四振りが三日月に向き直り、温かなまなざしになる。

山姥切がつけ足した。

「それに、主の命でもある。三日月を迎えに行け、とな」

三日月はとまどった。審神者の声が、どこかから聞こえた気がしたのだ。

『過去だけが歴史ではない。お前にはまだ守ってもらいたいものがある。私がこれからつなぐ、明日という歴史だ。為すべきことはまだあるよ』

「主……」

思わずつぶやく三日月に、長谷部が言う。

「三日月、守りたいものがあるのは、俺たちも同じだ」

すらりっ、と一気に抜刀する。

山姥切もぶっきらぼうに言った。

「これからはもう少し話せ。年寄りなら長話は得意だろう」

抜いた打刀を力強くかまえる。

……感慨に浸る余裕はなかった。

話している隙に、無銘たちが間合いを詰める。

言い終えるなり、山姥切は白い布の裾を翻して、真っ先に敵へ突進してゆく。

本丸で同じ薬を飲み、自分たちで修復してきたようだ。

代替わりを迎えた審神者にはおそらくもう、瞬時に彼らを手入れし、元に戻す力は残っていないはず。

山姥切が受けていた傷はすっかり癒え、布に散っていた血も消えていた。他の刀剣男士たちも同様だ。

「参る！」

と、山姥切が滑りこみ、敵の膝裏をかき斬った。

よろける敵の下にもぐるようにして、振り下ろされる別の敵の次の一撃を避ける。

代わりにやられた敵が砕け、舞い散る黒い細片をなぎ払うようにして、下から上へと逆袈裟に斬り上げると、敵の腹から胸が斜めに断たれる。

続けて、山姥切は俊敏な動きで駆け抜けながら、左右の敵をなで斬りしてゆく。

連続して敵が爆ぜ、黒い粒子が渦巻く中、白い布が光を集めて雄々しくはためいた。

白刃を頭上に振りかざし、長谷部が続いた。

時間遡行軍の薙刀が得物を振るってきたのを飛び越え、柄を蹴ってジャンプすると、叫んだ。

「圧し斬る！」

脳天からまっすぐ地面へと、刃を加重に任せて振り下ろし、両断する。

負けじと、薬研と日本号も敵中へと走る。

三日月の守りが手薄になったため、背後から敵の打刀たちが、五、六体まとまって、わっと斬りかかってきた。

骨喰が大きく宙に跳ね、回転しながら、時間遡行軍の首筋に連続で斬りつけてゆく。

「斬りだ」

よろめく敵の背に、片っ端から刃を突きたてる。

「突きだ」

時間遡行軍が揃って爆ぜ散るさなかに着地し、黒い風塵に白銀の髪をなぶられつつ、骨喰は三日月を振り向いた。

きりりとした表情と、しっかりした声で告げる。

「あんたの言ったとおり、俺にも、戦う理由がわかってきた」

その隙に斬りこんできた敵の太刀を、骨喰は体をさばくと、力強い斬撃で危なげなく倒した。

「そしてこれが、必殺の剣」

迷いのない骨喰の剣筋に、三日月は微笑した。

記憶がなくとも、昨日がなくとも……みなと同じに、使命に従い、主と仲間を大切に思う、勇ましくて心優しい刀剣男士となってゆくだろう。

他の四振りも獅子奮迅の活躍だ。

百体を超えていた敵がもう、半分以上消えている。

その強さに、三日月は微笑みを浮かべてから、まぶたを閉じた。

「俺も……焼きが回ったな……」

薬研にもらった薬の小びんのふたを取る。

一気に飲み干すと、たちまち傷が消えた。

肉体に力が湧きあがってくる。

傷んだ刀身も元の輝きを取りもどす。

三日月は目を開き、敵を見据えた。

己自身である太刀を、顔の前で大きくかまえる。鎬(しのぎ)に一条、目映(まばゆ)く光が弾けた。

「では再び始めよう！」

# 第陸章 ◎ 決戦

山姥切たち五振りを三日月のもとへ送りだした後の、本丸。

攻撃によってひびだらけになっていた結界がついに破られ、数百の敵の刀剣が敷地に降り注ぐ。これらの刀剣が上空からやってきて、結界に突き立ち、数に物を言わせて突き破ったのだ。

それらは、黒い妖気を噴きだし、敵——時間遡行軍を顕現させた。

深編笠のようなものをかぶった、上半身裸に近い、落武者の亡霊を思わせる打刀。

立烏帽子のようなものをかぶって、古びた鎧を身につけた骸を思わせる太刀。

同じく立烏帽子のようなものをかぶり、水干姿で公卿の怨霊を思わせる薙刀。

さらに、ひときわ長い刀——大太刀が降ってきて、自給自足用の畑の手前辺りに落ちた。

地響きがする。

庭にいた不動が辺りを見回して、黒い妖気が立ち上る着地点を確認した。

「あっちだ！」

走る不動を鶯丸も追った。

塀の通用門から駆け出した二振りは、すぐ身がまえることになった。

本丸奥御殿を囲む築地塀（ついじべい）の外、花が色とりどりに咲く小道に、抜き身の大太刀が突き刺さっている。

そこから妖気とともに、鬼のような姿をした巨体の大太刀が顕現した。

敷地に落ちた時間遡行軍も集まってきている。その数、すでに数十体……いや、どんどん集まり、百体以上にふくれあがった。

小道で不動と鶯丸は、大太刀を将として進軍してくる時間遡行軍に向きあった。奴（やつ）らは小道の縁に乱れ咲く花を踏みつけ、迫ってくる。

大太刀が低いかすれ声で見下したように言った。

「……哀れなほど、手薄だな」

品よく背筋を伸ばして立つと、鶯丸は、きっ、とにらみ返した。佩（は）いている太刀の黒い柄（つか）に右手をかける。

「留守居役を甘く見てもらっては困る」

すらり、と抜刀し、光を撥（は）ね返す長い刀身を力強くかまえる。

「命が惜しいなら、退（ひ）け！」

宣告と同時に、鶯丸は大きく踏みこみ、手近な時間遡行軍を一体、横に真っ二つにした。

不動も抜刀して、高々と跳ねると敵の頭上から斬りこむ。

「いよっと」

肩口を裂き、腕を落とすと、よろめいた敵の左胸を一突きする。

砕け散る二体分の黒い細片をかき分けて、殺気だった時間遡行軍がわらわらと飛び出してくる。

やれやれ、と低くかまえた鶯丸の刃が閃いた――。

•
◉
•

安土城の天主から御殿にかけての道と、それぞれの建物前の庭。

御殿の庭で、三日月は袂をひらりひらりと翻して、舞うように敵をかわす。

右へ左へと敵の太刀筋を読み、撥ね、あるいは受け流して、「はいっ」と刀を返すとたちまち胴を両断する。

数体を相手にしても、目にも止まらぬ一閃に続き、二太刀、三太刀、と左右に浴びせて、反撃する暇を与えずに打ち砕く。

さらに四方から群がって取り囲んだ四体を、くるりと一回転しながら、全て真一文字に斬り裂いた。

「これでどうだ」

余裕のある笑みに、敵の新手が殺気を撒き散らす。休むことなく、三日月の白刃が再び舞い、躍りかかる。

調子を取り戻した三日月が軽やかに剣舞する後方で、大きな動きで敵を牽制して充分場を確保すると、長谷部は時間遡行軍と斬り結んだ。

鋭い音を立てて数合刃を合わせてから、押し戻して鞘で防御し、大きく袈裟懸けに振り下ろす。

「俺の刃は防げない！」

敵が粉々になって散る中で刃を止めず、さらに円弧に振り上げ、横から突き出された腕を斬り落とし、さらに首にも鋒を食いこませ、刃を滑らせて裂く。

後ろから突き出された刃を、振り向き様に受け止め、去なして、敵の体を十文字に斬り払った。一拍置いて、敵が微塵に爆ぜた。

まだまだ敵は数多い。

しかし、どれほどの敵が立ち塞がろうと、掃討する。

正面切ってきた次の時間遡行軍へと狙いを定め、長谷部は鋒を向けた。

長谷部が力強く斬り倒しているさらに斜め後方、四半町ほど離れたところで、日本号は豪快に槍を振り回した。

時間遡行軍を二体まとめて柄でなぎ倒し、重なり合ってもつれているところを、手早く串刺しにする。

石突きで後方から飛びかかってきた敵のみぞおちを突き、体を返して穂先で胴を斬り上げてから、喉を貫く。

黒い風塵となって消える時間遡行軍の後から、また三体が突っこんできた。

「足もとがお留守だぜ」

と、すかさず脛を払って仰向けにし、連続で刺し貫くと、黒い粒子が飛び散ってゆく。

さぁて、次の命知らずはどいつだ、と日本号は鋭い視線を配りながら身を翻し、大きく槍をかまえた。


天主から御殿への、鉤の手になった道で低くかまえ、山姥切は敵を引きつけた。

不意をつかれた時間遡行軍に居合いのような抜き打ちをかまし、霧散させる。

くるり、くるりとスピンして、ひらめく布を目眩ましにしつつ、惑う敵に生じた隙を逃すことなく、刃を急所へ走らせる。首筋、脇腹、太もも。

「斬る！」

三体、また二体、三体と、進軍してくる敵中を走り抜けながら、的確に斬り裂いてゆく。

道に広がり、行く手を阻んできた時間遡行軍に向け、石垣を蹴ってジャンプし、勢いをつけると端の一体の首を打ち落とした。

背後に飛び降り、すかさず、振り返る敵の脇腹に刃の物打ちを食いこませ、走り抜けることで、横になで斬ってゆく。

「俺は偽物なんかじゃない……！」

すさまじい切れ味を発揮し、雄叫びを上げて、山姥切は次の敵へと突進した。


天主のすぐ前で、薬研は骨喰と共闘し、無銘と戦っていた。

動きの速いもの同士、めまぐるしく位置が入れ替わる。薬研が無銘に斬りつけ、弾かれて飛び退き、その下をかいくぐって骨喰が突く。

無銘が骨喰の刃を受け流し、大きく斬りかかるのを、横にかわした骨喰の後ろから、再び薬研が飛びこむ。刃と刃が激しくぶつかる。

間断なく突きこんでゆく兄弟を、無銘は全て受け、撥ね除け、斬り返す。

薬研の跳び蹴り、骨喰の滑りこんでの足払い、どちらも無銘は回避した。

無銘が宙で回転して、着地すると同時に地面から撥ね返り、逆に蹴りを入れてくる。ひるませ、薬研の喉をかき斬ろうとする。

その刃を骨喰の刃が割りこんで受ける。ぶつかり合う刃から、金属音が響く。

二対一で、兄弟の方が優勢だが、決定的な傷を与えられない。無銘は本当によく防ぐ。

飛びかかってくると見せかけて退(ひ)くフェイントを、無銘から仕掛けられた骨喰が、たたらを踏んだところを、胴に決まった回し蹴りで撥ね飛ばされた。

骨喰と入れ替わって、薬研は無銘に躍りかかった。

「まだまだぁっ！」

刃をぶつけながら、腹に膝をたたきこむ。

うっとうめいて隙のできた無銘の右ひじ上に、薬研は斬りつけた。

肉を断つ手応えがあった。

情勢が決する。

傷を押さえてふらつく無銘の背に、雄々しく叫んだ骨喰が決定的な一撃を与える。

薬研の渾身の力の体当たりで吹っ飛ばされた無銘は、天主の土台の石垣へ、強(したた)かに背中をぶつけた。

「ぐ……っ」

仮面の奥で目の光が消え、動かなくなる。

そのとき、天主の最上階の窓から、大きく炎が噴きあがった。無銘にとどめを刺そうとした薬研と骨喰は、はっと頭上を仰ぐ。

天主最上階。煙と炎が立ちこめる中、信長は跪座していた。

小袖の前を大きくはだけ、手に握っているのは、短刀薬研藤四郎。黒い鞘から、研ぎ澄まされた刀身を抜き放つ。

「……切れ味鋭くも、主人の腹は斬らぬというが……此度ばかりは頼むぞ、薬研藤四郎」

鋒を一息に腹へと突き立てる。

その刹那、天井が焼け崩れた。

信長がこの世から去ったことを、天主前庭に駆けつけた刀剣男士全員が感じた。

歴史は守られたのだ。

時間遡行軍も全て消え去った。

長谷部が複雑な思いを全てこめた一声を漏らす。

「……信長公……」

長谷部が目を潤ませる。

薬研もまた、新たな思いをいだいていた。

「……これも、俺の守るべき歴史の一つ、か」

おそらく、全員が感じているだろう、この複雑な思い。

六振りが寄り集まり、炎上する安土城天主を、ただ無言で見つめる。

赤く天を焦がす炎の色が、夕暮れに染まる空に溶けてゆく。

三日月が静かに告げた。

「本丸へ戻るぞ」

全員がうなずき、小さな水晶玉を宙に投げた。

薄紅色の花片（はなびら）で視界が覆われてゆく。

燃える天主が見えなくなる――。

刀剣男士たちが帰還し、誰もいなくなった安土城。

石垣に倒れている無銘を、渦からほどけた薄紅色の桜の花片がなでてゆく。

花片が触れたとたん、無銘の目が光った。赤ではなく金色に……仮面に突然ひびが入り、金色の光が漏れる。

消えかけていた花片が、吸い寄せられるように無銘へと集まった。

●
◉
●

本丸を襲撃した時間遡行軍と戦う鶯丸と不動は、多勢に無勢で、本丸奥御殿の前庭まで圧されてきていた。

初めは連携して戦っていた。だが、戦ううちに、次第にそれぞれが時間遡行軍に囲まれ、引き離されてしまう。

前庭にある門の近くで、鶯丸は無駄の少ないしなやかな動きで、時間遡行軍を斬り払い続けた。

留守居役を主と仲間たちから任された。それは主を、本丸を、みんなの居場所を守ってくれる、と信頼されているということ。

信頼や期待よりも何よりも、鶯丸自身が、この温かな居場所を守りたい。いつでも、のんびりと、茶を飲みながら花をながめ、鳥のさえずりを聞ける場所を。

戦って、守る。

「命を大事にしろ！」

警告しつつ、次の瞬間にはもう、斬った兵が霧散してゆく。

残りの時間遡行軍が、どれほどの数なのか、鶯丸にはもうわからない。

せめて百体を切っていてくれたらと願うが、果たして。

とにかく、斬るしかない。

斬って斬って斬り伏せて、黒い風塵で視界がふさがれた。

そのなかからぬっと現れたのは、高みの見物をしていた大太刀だ。赤く目をぎらつかせ、

三尺を超える刃を振りかざす。

息を切らせつつ、鶯丸はつぶやいた。

「一騎打ちか。引き受けた！」

大太刀の重たい斬撃を、鶯丸は鎬でまともに受け止めた。手がしびれるほどの衝撃だ。

相手の手数が増すほどに勢いがつき、恐ろしい威力になる。

鶯丸は次第に、敵の攻撃をさばききれなくなった。

圧してくるのをどうにか撥ねやって、片足を大きく引くと、上半身を弓なりにのけぞらせ、

大太刀の刃をかわす。

しかし、あまりにも長いため、鋒が鶯丸の胸先をかすめ、浅手を与える。

「くっ……まだまだっ」

体を大きくひねり、遠心力に乗せて鶯丸は白刃を振り抜く。

大太刀の右の二の腕に、下から刃の物打ちを食いこませるが、斬り落とすには至らない。

受けた傷を気にする様子もなく、大太刀は左手で鶯丸の腹を殴りつけて刃を外させると、大振りに斬りかかってきた。

飛び退いて、鶯丸は姿勢を低くし間合い深くもぐりこむと、腹を切り裂こうとした。

「……っ!?」

鋒は突き立ったものの、雑魚兵のようには刃が入らない。どうにか斬り払ったけれど、今度は顔を殴られて、大きく撥ね飛ばされる。

受け身を取って着地し、己自身である太刀をかまえ直すと、鶯丸は大太刀を強くにらみつけた。


一方、不動。

御殿の縁側のすぐ前、花の咲く築山と、その横にある池の辺りで、飛び跳ね、とんぼを切ってかわし、不動は自由自在に敵の間合いを出入りする。

すばやく敵の足もとにもぐりこんで足首を斬り裂くと、相手をひっくり返す。喉をかっさばき、胸をえぐり、眉間に鋒を突きこむ。

躍りかかってくる相手の勢いを利用して投げ飛ばすと、馬乗りになって腹に鋒を突き立て、体重をかけて斬り裂く。

顔を狙った回し跳び蹴りで敵に膝をつかせ、後ろからうなじを斬り開く。

主は、絶対に守る！

不動はそれだけを唱えながら、戦い続けた。

幾太刀か浴びての深手もあるし、もちろん数多くの浅手を受けたものの、不動は奮戦で五、六十体を消し去った。だが、体力の限界が近づいていた。

大きく息を切らせ、立ち上がったそこへ、また時間遡行軍が背後から襲ってくる。

「そこかっ」

振り向き様に敵のみぞおちへ刃を突き立て、もつれて倒れるようにして、不動は相手を池へと落とした。

けれど、とどめを刺せないまま、別の二体に間合いを詰められる。もう、全身に傷を負ったせいで、視界がかすんできている。

「この野郎……どこまでなめてくれるんだ……」

残る力を振り絞り、不動は二体へ突っこんだ。

跳び蹴りで体勢を崩し、刃をぶつけ合って相打ち気味になったものの、不動の方が先に立ち直る。

再度体当たりしてよろめいたところへ、脳天に刃を突きこむ。さらにもう一体も、同様に全力で体当たりを喰らわし、隙を突いて首筋を斬る。

しかし、どちらにもとどめとならず、痛みで足に力が入らなくなった不動は、着地に失敗し、うめいて地面に這(は)いつくばった。

手負いの二体だけでなく、池からも、落とした敵が一体、這いあがってくる。三体が先を争うようにして不動に揃(そろ)って飛びかかる。

まずい、と思った瞬間、あちこちに傷を作った鶩丸が滑りこんできて、不動をかばいつつ敵の体を盾にした。

助かった、と思う暇もなかった。

三体ともが砕けると、そこに大太刀が仁王立ちしていた。鶩丸が敵の体を使って防いだのは、大太刀の鋒だったのだ。

不動と鶩丸はどうにか間合いを外(はず)して飛びすさり、改めて大太刀に対峙(たいじ)した。

だが、大太刀は二振りが手傷を負い、ふらつくのを見て、興味を失ったようだ。本丸奥御殿の二階を見あげる。

「あそこか」

と、土足のまま大股で縁側に上がると障子を蹴破り、中へ入っていった。

「待てっ」

不動が叫んだが、追いかけるより早く、ばたばたと走りこんできた新たな敵数十体に、二振りとも行く手を阻まれてしまった。

隙間なく幾重にも取り囲まれる。

額から血を流した鶯丸が、表情をゆがめた。

間に合わない……不動が絶望しかけたとき――。


不意に時間遡行軍が、何体もまとめて一度に爆ぜ散った。

鶯丸は目を見張った。

敵の残骸が黒い風塵に変わり、宙を流れる。その後ろから現れたのは、山姥切、日本号、長谷部、薬研、骨喰だ。

五振りはめくるめく動きで、群がる時間遡行軍を排除し続け、数分の内に消し去った。

山姥切が無愛想に言う。

「待たせた」

不動が感激した。

「みんなぁ！」

ほっとしつつ、鶯丸は訝しんで尋ねた。

「三日月は？」

五振りがそれぞれの表情で、にやり、と小さく、または、にんまり、とはっきり笑った。


本丸奥御殿、上段の間。

抜き身の武器を手に、大太刀はゆうゆうと廊下をやってきた。

「審神者よ……代替わりなどさせぬ……お前で途絶えるのだ……今、ここで」

閉められたふすまを蹴飛ばして壊す。

御簾の向こうが目映く光り輝いていた。目も眩むほどに。

一歩踏みこむが……逆光に立つ一振りの姿があった。


「ここは穢れた足で入ってよい場所ではない」

納刀のまま、三日月は侵入してきた大太刀に厳しく宣告した。御簾を振り向き、一言声をかける。

「主、三日月宗近、ただ今戻った」

胸の貴石から放たれる光の中で、審神者がかすかにうなずき、ますます強くなる光に溶けてゆく。

「貴様、邪魔するなっ」

三尺を超える刃を、大太刀が力任せに振り下ろす。三日月は太刀を片手で抜き打ち、頭上で敵の刃を止めた。

片手でたやすく止められたことに、大太刀が一瞬ひるんだ。

「ここへは……入るなと言っている！」

叱責し、刃を押し戻すと、三日月は太刀を振るった。

藍色の衣の袂が翻り、しなやかに、舞うように得物を使う。太刀が走る跡を三日月のように輝く残映が追いかける。

刃を合わせるどころか、三太刀、四太刀と浴びせられ、圧倒された大太刀は廊下へ押し出された。

時間遡行軍と刀剣男士七振りの戦いが、終わろうとしていた。黒い風塵が辺りを広く満たし、消えてゆく。

鶯丸と不動の傷も薬で修復され、敷地内に百体近く残っていた時間遡行軍は殲滅された。まだ妖気の名残はあるものの、平穏な空気が戻った。

前庭に集まり、ほっとした刀剣男士たちの背後に、本丸奥御殿の二階の壁を破って大太刀が転落してきた。強い光が壁の穴からあふれる。

そこから、ふわり、と三日月が飛び降りた。

「三日月!!」

不動が歓声を上げ、鶯丸も安堵した。

三日月は仰向けになった大太刀に、鋒を突きつけた。

「あきらめろ。この本丸は落とさせない」

「この……っ」

大太刀がゆらりと立ち上がった。間合いを取る。

男士全員が身がまえた。

「しつこいなまくらどもがぁっ！　ぐおおおおおおっ」

大太刀は裂帛の叫びとともに、刀身に妖気を集めてまとわりつかせる。長い刃が燃えるように赤く、妖しく光った。

「来るぞっ」

鶯丸は声を上げ、魚鱗(ぎょりん)陣形を取って全員が自身の刀剣をかまえた刹那。

大太刀がぴたりと動きを止めた。

え……と鶯丸は大太刀の視線を追った。

大太刀は不可解そうに、自分の肩ごしに背後を見ている。

そこにいたのは、大太刀の右脇腹に、後ろから刃を突き立てている黒装束の者だった。

薬研があっと叫んだ。

「あいつは……!!」

大太刀がうめいた。

「……無銘……」

無銘の仮面には大きくひびが入り、金色の光が漏れている。無銘が絶叫した。

「俺は……無銘ではない……銘は、倶利伽羅江(くりからごう)だっ!!」

仮面が砕け散り、同時に黒装束も粒子に変わって宙に溶け、消えた。


長谷部はあっけにとられた。

黒装束と仮面の下から現れたのは、品のよい洋装で、短い黒髪をした少年だった。上着の背中には金色で倶利伽羅竜(くりからりゅう)の模様が染め抜かれている。

まさに、凛々しい刀剣男士の戦装束姿……。長谷部は叫んだ。

「あいつも刀剣男士だったのか！」

少年――倶利伽羅江は、櫃に倶利伽羅竜の彫り物がある刃を引き抜いた。

すばやい身のこなしで地面を蹴り、大きくジャンプすると、倶利伽羅江は大太刀の右目に鋒を突き刺した。

「ぐうぅっ」

大太刀がよろめき、くずおれて片膝をつく。

長谷部の隣で、三日月が面白そうにつぶやく。

「倶利伽羅江といえば、明智光秀の……」

最愛の刀だった、と長谷部だけでなく、他の全員も思いだした。うなずき合う。

薬研が得心した。解説する。

「そうか、だからあのとき……夜の小栗栖の森で、光秀を守って信長に斬りかかったんだ。刀剣男士の倶利伽羅江は、時間遡行軍に操られていて、光秀の危機を目にしたあのときだけ、正気を取り戻しかけたんだろう。

たぶん俺たちと一緒に、ここに来たんだ。あの桜の花片は、刀剣男士を運ぶものだからな」

刃を引っこ抜いて着地した倶利伽羅江は、大太刀に対してのかまえを解かず、怒りをぶつけた。

「よくも俺を、お前たちの手先に使ってくれたなっ」

三日月が合図した。

「みな、行くぞ。とどめを」

倶利伽羅江が「よくもぉーっ」と叫びながら、大太刀の左肩口に斬りつける。

すかさず薬研が飛びこみ、胸をなで斬りにする。

続けて不動が、左脇腹に一撃を決める。

日本号が背から腹を貫き、山姥切が後ろ正面から、背をまっすぐ縦に断った。

正面からかかった鶯丸が、反撃する大太刀の刃を弾き、胴を斜めに斬り上げる。

長谷部と骨喰が真正面から同時に突っこむ。長谷部が大きく横に刃を払う背後から、骨喰が高くジャンプして、上から縦に斬り下ろす。

最後に、三日月がとどめを刺した。大きく振りかぶり、一太刀で縦に真っ二つにする。

「がはあああああっ」

断末魔の咆吼（ほうこう）を残し、大太刀が砕ける。

散った黒い細片が宙で粉々に崩れ、風にさらわれて消えた。

漂っていた黒い妖気も晴れ、すかっとした空気と高い青空が戻る。

血振り（ちぶ）をして、三日月が納刀した。大きく息をついて、本丸奥御殿の二階を仰ぐ。

いつの間にか、光が収まっていた。


三日月は上段の間に急ぎ戻った。

御簾の内を窺（うかが）うと、審神者の標（しるし）である貴石の飾りだけが、敷物の上にぽつんと残されていた。もう光はない。

見つめる三日月の目の前で、再び貴石がわずかに発光し始める。


焼け落ちた安土城の天主に、秀吉（ひでよし）は戻ってきた。焼け崩れ、黒焦げの材木が折り重なっている。信長の遺体は、骨の一本も残っていない。

それでも、と手を黒く汚して材木をどけていた秀吉は、煤（すす）けた短刀の刀身を見つけた。

袱紗（ふくさ）に包んで拾い上げ、茎（なかご）をこすると、作者「吉光（よしみつ）」の銘が浮きでた。

薬研藤四郎。

「お館様……」

秀吉は鼻水をすすり、手鼻をかむと、背後で控える家臣たちを振り返った。背筋を伸ばして、堂々と進む。

「清洲へ行く」

秀吉は、明智の残党明智左馬助によって、安土城が炎上したと触れ回った。

そして以後、天下人への道を歩きだすこととなる。

●
◉
●

侵入してきた時間遡行軍との戦いから、しばらくが過ぎた。

上段の間に、この本丸の刀剣男士が全員呼び集められた。あの戦いのとき、遠征で出払っていた男士も含め、全員だ。

新しい審神者が本丸に現れ、証に結界が元に戻った。その審神者が、今からみなと対面するという。

新しい審神者には、まだ三日月しか会っていない。

上段を隠す御簾は下ろされたままだ。

いつもは締め切っているふすまが開け放たれているので、対面の場が明るく、一段高い御簾の内がかえって暗い。

みな、期待に満ちた顔で、ざわざわと左右の刀剣男士と話をしている。

四振りずつ、横五列に並ぶ刀剣男士たちの最前列に座した鶯丸は、背後を振り返った。

全員集まっている。

後列から、
太刀　一期一振（いちごひとふり）。
太刀　ソハヤノツルキ。
打刀　歌仙兼定（かせんかねさだ）。
太刀　鶴丸国永（つるまるくになが）。
打刀　大倶利伽羅（おおくりから）。
打刀　宗三左文字（そうざさもんじ）。

短刀　小夜左文字。
太刀　江雪左文字。
脇差　鯰尾藤四郎。
短刀　博多藤四郎。
太刀　山伏国広。
打刀　同田貫正国。

そして、

脇差　骨喰藤四郎。
短刀　薬研藤四郎。
短刀　不動行光。
短刀　倶利伽羅江。
打刀　へし切長谷部。
打刀　山姥切国広。
槍　日本号。

刀剣男士の使命に目覚めた倶利伽羅江も、この本丸の仲間に加わったのだ。

さらに、自分――太刀　鶯丸。

近侍の太刀　三日月宗近。

その三日月が横のふすまを開けて入ってきた。御簾の前に立つ。

「みな、揃ったか？」

一同が話をやめ、居住まいを正して御簾に向き直った。それぞれ刀剣を腰から外し、自分の右手側に置いてある。

三日月が視線を送ってきたので、鶯丸は答えた。

「ああ。遠征組も戻っている」

うなずき、三日月も御簾へと向かって座った。

「それでは、主」

御簾がくるくると巻き上がると……。

明るくなった上段に、さらに畳をもう一枚積んで座布団を敷き、ちょこん、と座っているのは、見たところ三歳になるかどうかくらいの、幼い女の子だった。

彼女が身にまとった白い被布の胸には、薄紅色の貴石の飾りが下がっている。

「みなのもの、本日こちらにあられる方が、めでたくこの本丸の審神者になられた。我らの主だ」

おおぉ……と、どよめきが上がった。

審神者もあどけなく笑っていた。

三日月も端座し、それを合図に、全員が平伏する。

代表して三日月が誓った。

「主、我ら刀剣男士一同、身命なげうってお仕えいたします」

その日から、刀剣男士たちの仕事が一つ増えた。

審神者の遊び相手……である。

不動がおもちゃの楽器を鳴らして、いい加減な歌を歌う。

山姥切の布が、審神者の隠れんぼの、手頃な隠れ場所になる。

薬研がせがまれて、薬のびんを整理する手を止めて絵本を読み聞かせる。

日本号がお馬さんごっこで、さんざん馬にされる。

鶯丸が懐紙を使って、器用に折り紙を折る。

長谷部がだるま落としの「早落とし」に挑戦し、最後の一つで失敗しててっぺんのだるまが倒れ、愕然（がくぜん）となる。

それを見た審神者はきゃっきゃと笑った。長谷部も微苦笑する。

骨喰や倶利伽羅江と縁側で鞠（まり）を蹴り合い、審神者がはしゃいでいるのを、三日月は縁側で茶を飲みながら、見守った。

鞠が転がり、三日月の背後まで、審神者が追いかけてくる。おんぶをせがまれ、三日月は審神者を背負って庭に出た。

どこからか、薄紅色の……桜の花片が一枚、そよ風に乗ってやってくる。

審神者が手を伸ばしたが、小さな指先をすりぬけ、花片は空へと舞い上がった。

花片を目で追い、天に向かって三日月は笑顔でつぶやいた。

「主、三日月宗近、また守りたいものが増えたぞ。全く、老体には少々堪（こた）えるがな」

遊び相手をしていた刀剣男士、近くにいた男士たちも庭に集まってきた。

みな笑顔で、審神者が見ている青い空を仰ぐ。

三日月は笑った。

「よきかな、よきかな」

**時海結以**
長野県生まれ。『業多姫（富士見書房）』で作家デビュー。
『実写映画ノベライズ版 心が叫びたがってるんだ。』『響-HIBIKI-』
（ともに小学館）など、ノベライズ、児童書の著書多数。

# 小説 映画刀剣乱舞

2019年 1月23日　初版第1刷発行

原案／「刀剣乱舞-ONLINE-」より (DMM GAMES/Nitroplus)
脚本／小林靖子
著者／時海結以

発行人／杉本 隆

発行所／株式会社　小学館
〒101-8001　東京都千代田区一ツ橋2-3-1
電話／編集　03-3230-9726
販売　03-5281-3555

印刷所／凸版印刷株式会社
製本所／株式会社若林製本工場

デザイン／山本ユミ〔らぴデジニュ〕
組版／株式会社昭和ブライト
編集／楠元順子


Printed in Japan　　ISBN 978-4-09-386532-6

任務、織田信長 暗殺――。

「正しく死ななければならない」
はずの信長だったが――
織田信長
山本耕史
戦国時代の武将。
天下統一を目前にして、
本能寺で明智光秀に
襲われた。
生き延びた信長は、
三日月とともに
安土城で秀吉を待つ。
正しい歴史とは何か。

〝守るべきもの〟を守る戦いが、今始まる！
「信長死す」の知らせの先に、
秀吉が見たものは――
羽柴秀吉
八嶋智人
信長の部下であり、
後に天下統一を
成し遂げる
戦国時代の武将。
秀吉は、長谷部と
日本号をともない、
安土城に向かう。

立て続けに歴史介入をしてくる
時間遡行軍。彼らの本当の狙いとは――。

【短刀】

# 倶利伽羅江

土屋神葉

明智光秀の愛刀。
倶利伽羅竜が彫られている。
時間遡行軍に操られていた間は、
「無銘」と称していた。

「諦めろ。この本丸は落とさせない」

本丸を守る
最後の戦いの結末は